Verena Kaster

# Voller Buckel, voller Wale

## – weitermachen, das Leben ändert sich

AF210063

Bibliografische Information der Deutschen Nationalbibliothek:
Die Deutsche Nationalbibliothek verzeichnet diese Publikation in der
Deutschen Nationalbibliografie; detaillierte bibliografische Daten sind
im Internet über dnb.dnb.de abrufbar.

Lektorat: Lektorat Fernweh – Stephanie Vifian
Korrektorat & Buchsatz: Paulinus Verlag GmbH, Trier
Umschlaggestaltung: Nicole Bredtmann, markenmut.AG
Fotos: Jana Dillo

Verlag: BoD · Books on Demand GmbH, In de Tarpen 42, 22848 Norderstedt
Druck: Libri Plureos GmbH, Friedensallee 273, 22763 Hamburg

ISBN 978-3-7597-8389-9

# Voller Buckel, voller Wale

## – weitermachen, das Leben ändert sich

Kurzgeschichten
von Verena Kaster

## Frühlingssturm

Ich bin ein Dienstagskind.
Im Sturm war ich geboren. An einem Dienstag.
Noch heute bin ich ein Dienstagskind. Diesem Tag wohlig
zugetan.
Wir haben Frühling heute.
Und Sturm.

Ich mag sie, Verbindungen, die eigentlich keine sind.
Erst auf den zweiten Blick erkennbar.
Was siehst du? Frage ich immer wieder.
Die Antwort gefällt mir meistens nicht.
Ich mag Veränderungen, nach wie vor. Doch ab heute
kämpfe ich nicht mehr.
Auch das ist etwas, das ich gelernt habe.
Mit der Zeit besser. Und jetzt?
Immer noch Frühling, nur dieses Mal ganz ohne Sturm.

# Inhaltsverzeichnis

# Rettungsschwimmer

Ich bin schuld. Das war alles, was er noch wusste.

Nun saß er da, gelehnt an den Rand eines Swimmingpools. Wasser schwappte immer wieder über die Kante, kühlte seinen Rücken und machte gleichzeitig, dass er sich dadurch umso erschöpfter fühlte. Seine Hand fand den Weg zu seinem Kopf, mit seinen Fingern spürte er die winzigen Haarstoppeln, die zwar da waren, für andere jedoch nicht sichtbar, wenn sie nicht ganz nah an ihn herantraten. Ein Denkerkopf, den er nur zu gerne abgelegt hätte.

Er blickte die Fremde an, die still und unbemerkt, wie ein Reptil plötzlich vor ihm stand. Sie kannte ihn scheinbar, er sie jedoch nicht. Sie nahm ihm den Blick zur Sonne.

„Geht es Ihnen gut?" Ihre Stimme war warm und verschwommen.

„Soll ich Ihnen ein Glas Wasser holen? Brauchen Sie etwas zu trinken?"

War ihre erste Frage nicht dieselbe wie ihre zweite? Er stöhnte leicht. Etwas presste sich gegen seine Ohren. Druck, als würde er fliegen. Ein zeitloses Rauschen, dabei Höhe und Geschwindigkeit passieren. Freier Fall war nichts dagegen. Die Kopfschmerzen kamen zurück, nicht hinter der Stirn pochend wie sonst, dieses Mal stach es hinter seinen Augen.

Das Reptil beugte sich zu ihm hinunter und berührte sein angewinkeltes Bein.

Er wollte antworten, denn er hatte Mitleid mit ihr.

„Ich brauche kein Wasser, vielen Dank."

Seine Zunge blieb beinahe am Gaumen kleben und seine Zähne waren belegt. Er erinnerte sich nicht, wann er sie zuletzt geputzt hatte. Dennoch war er sich sicher, dass die letzte Mahlzeit Graubrot mit Leberwurst gewesen war. Wie lange war dies her? Sein Magen war leer, es musste Zeit vergangen sein. Mit seinen Händen umfasste er abermals den Kopf. Konnte er ihn nicht einfach abtrennen?

„Haben Sie Schmerzen?" Sein Gegenüber schien irritiert.

Zum ersten Mal blickte er richtig auf, nahm nicht nur Schattierungen wahr, sondern alles. Das Reptil hatte blaue Augen, nicht eisig schimmernd, eher wie Pfützenwasser. Ihr Arm griff nach seinem, es gab einen Ruck.

Plötzlich fiel es ihm wieder ein. Tom. Das war sein Name. Die Erleichterung kam zurück und umhüllte ihn wie aufsteigenden warmen Dampf. Leicht wie eine Feder, wie in Watte verpackt, kippte er gegen die Fremde. Schwarz.

Als er aufwachte, sah er zuerst einen Nachttisch mit Platzdeckchen. Drei Tablettenpackungen lagen dort. Das Deckchen war dunkelblau und hatte unübersehbare Flecken. Ekelerregend. Mit seiner linken Hand fuhr er unter die Decke. Sein Oberkörper war nackt und feucht, sein Bauch war aufgebläht. Ameisen liefen seine Beine hinauf und hinunter.

Ein Räuspern. „Sie sind wach. Das ist gut." Das Reptil saß, Arme und Beine verschränkt, auf einem Stuhl nahe der Tür.

„Ich bin froh, dass Sie endlich wach sind. Wissen Sie eigentlich, wie lange Sie geschlafen haben?"

An der Wand entdeckte er ein Loch. Es war nicht sehr groß. Eine Maus hätte niemals hindurch gepasst, eine Patrone hingegen schon. Das Loch befand sich auf Herzhöhe.

„Sie müssen sich nicht bei mir bedanken, keine Sorge. Ich erwarte so etwas auch gar nicht von Ihnen." Ihre Zunge zischte, nicht gefährlich, aber scharf.

Sein Körper lag mittlerweile frei. In welchem Augenblick war die Decke verschwunden? Er hatte keinen Schutz mehr. War es letztlich nur ein Traum? Oder war es ein Fluch?

„Sie sollten sich anziehen." Mit ihrer Hand deutete sie auf den Stapel zerwühlter Kleidung, die neben dem Bett auf dem Boden lag.

Irgendwo tickte eine Uhr. In der Ferne verdeckte eine Wolke die Sonne. Draußen, wie weit konnte man entfernt sein?

„Ich bin Tom." Zumindest etwas, das er wusste.

„Ja", sagte sie. Wie sie wohl klang, wenn sie jemanden mochte?

*

Als sie zwölf Jahre alt waren, hatten sie ein Wettschwimmen gemacht. Tom und Jasper und Eva. Einmal über den großen See. An diesem Tag hatte Toms Herz zum ersten Mal richtig schnell geschlagen. Jasper hatte ihn in die Rippen gestoßen, sein Ellenbogen war wahnsinnig knochig gewesen und Toms Körper dünn. Doch Tom war stehen geblieben und hatte nicht den Mund verzogen.

„Eva ist meine Freundin", sagte Jasper zu ihm, als sie bei ihren Handtüchern standen.

Tom bückte sich schnell und legte seine Hose sowie sein T-Shirt zusammen. Er konnte nicht ordentlich falten, aber er konnte so tun. Sein Fußnagel war eingewachsen, es hatte schon wochenlang weh getan, nun war der Schmerz plötzlich überall. Tom drückte den Daumen mit aller Kraft gegen die fiese Stelle an seinem Zeh, um endlich Ruhe zu haben. Die Haut wurde weiß und bildete einen roten Kranz.

„Muss dir nicht peinlich sein, dass du sie auch magst", sagte Jasper. Nun, wo er stand und Tom hockte, war Jasper nochmals viel größer als nur ein paar Zentimeter. „Eva ist toll", fügte Jasper stolz hinzu und winkte ihr zu.

„Jungs, wo bleibt ihr?" Evas Stimme klang so entfernt und weiter weg, als sie es tatsächlich war.

„Wir kommen gleich." Jasper stieß Tom mit dem Fuß an, es fehlte nicht viel und Tom wäre nach vorne gefallen.

„Jetzt beeil dich", drängelte Jasper und lief voraus.

Tom sah aus dem Augenwinkel, wie er sich neben Eva stellte.

Leg doch noch den Arm um sie, dachte Tom wütend und im selben Moment geschah dies auch. Da wurde ihm etwas klar. Es ging immer darum, selbst Einfluss auszuüben. Es war nicht das Schlimmste, dass Eva sich für Jasper interessierte. Entscheidend war, dass Tom sich gar nicht positioniert hatte, er hatte nie mit Eva gesprochen.

Sein Fußnagel tat immer mehr weh, auch wenn Tom äußerlich keine Veränderung feststellte. Der rote Kranz war fast verschwunden, alles schien wieder normal zu werden. Tom suchte die Umgebung nach seiner Cola ab, die er mitgebracht hatte, aber er fand sie nicht.

„Langsam solltest du mal erwachsen werden." Das hatte Jasper ihm die Woche zuvor gesagt gehabt. Sein Freund schien zu wissen, wovon er sprach.

Tom sah zum Wasser. Eva winkte ihm zu, Jasper hatte die Arme in die Seiten gestemmt. Beide standen sie bereits bis zu den Knien im See.

„Moment", rief Tom. Er fühlte sich müde, ein Schluck kalte Cola wäre jetzt klasse gewesen.

„Los, Tom", schrie Eva ungeduldig, Jaspers Blick war sauer.

Den See hatten Jasper und Tom im Sommer davor zum

ersten Mal alleine durchquert. Tom erinnerte sich, wie er neben Jasper gelegen hatte, als sie endlich am anderen Ufer gestrandet und erschöpft ins Gras gefallen waren. Seinen Kopf zu Jasper gedreht, hatte er sich, wenn auch außer Atem, glücklich gefühlt.

Das ist unser Sommer, hatte Tom damals gedacht. Doch dies war ein Jahr zuvor gewesen. Nun war alles verändert.

„Wenn du keine Lust hast, sag es einfach", rief Jasper schließlich.

Toms Ohren schienen nur noch zu rauschen, er hörte kaum etwas. Langsam lief er zum Wasser herunter und stellte sich zwischen die beiden.

Nichts im Griff haben. Alles im Griff haben.

Tom bekam nicht mit, wann jemand das Startsignal gegeben hatte. Plötzlich liefen Jasper und Eva jeweils seitlich von ihm los, ihre Körper verschwanden in der dunkelblauen Brühe, nur noch ihre Hinterköpfe schauten aus dem Wasser hervor. Tropfen spritzen überall, Eva quietschte und irgendwo in der Ferne donnerte es.

Ich sollte hierblieben, dachte Tom. Einer der beiden würde sowieso gewinnen.

Letztes Jahr hatte Jasper ihn noch gebraucht, denn für ein Wettschwimmen mussten mindestens zwei Leute an den Start gehen. In diesem Sommer waren bereits zwei gestartet.

Es dauerte eine weitere Sekunde, dann setzte auch Tom sich in Bewegung.

Er schwamm und die Arme wurden zu Blei.

Vor ihm leuchteten Evas Haare in der Sonne. Sie rochen bestimmt gut. Nach Heu vielleicht? Eva rief etwas nach vorne zu Jasper, doch dieser schaute sich nicht um.

Tom bewegte sich von wärmere in kältere Bereiche, seine Arme streiften Algen und seine Beine wurden von selbigen umwickelt, es war glitschig und fühlte sich sumpfig an. Er wurde immer müder. Irgendetwas stimmte nicht.

„Eva?" Tom musste es ihr sagen.

Sie drehte sich tatsächlich um und lächelte; wartete.

Tom konnte es nicht glauben. Eva wartete auf ihn.

„Der Held gewinnt ja sowieso", Eva lachte.

Tom wollte antworten, doch in diesem Moment stach es in seinem Fuß. Seine Arme schlugen panisch auf die Wasseroberfläche auf, er konnte sein linkes Bein nicht mehr bewegen. Wo war nur das Ufer? Vorhin, da war es nicht allzu weit entfernt gewesen. Er schluckte Wasser.

Eva schrie noch etwas und dann ging Tom das erste Mal unter.

Rauschen. Wasser. Bitter. Brennen. Luft. Rauschen. Wasser. Schmerz. Zucken. Luft. Rauschen. Wasser. Arm. Luft. Rauschen. Wasser. Luft. Eva. Rauschen. Wasser. Arme. Nein. Luft. Rauschen. Wasser. Luft. Nein.

Als Tom später im Krankenhaus aufwachte, erinnerte er sich an alles. Er sah Eva, die neben ihm geschwommen war, er hatte sie kurz gesehen, als er bei seinem Lebenskampf noch einmal aufgetaucht war. Und dann hatten sich seine Arme auf ihr abgestützt.

Er war ein Monster. Das erkannte Tom sofort.

Seine Mutter saß am Krankenhausbett und drückte seine Hand. Sein Vater stand hinter ihr und Tom wusste, dass Eva tot war.

Der Arzt betrat das Zimmer und mit ihm kam ein Luftzug, dass Tom glaubte, erfrieren zu müssen. Sein Körper überzog sich mit Gänsehaut, die Beine zitterten und seine Kindheit war vorbei gewesen.

Am darauffolgenden Tag hatte es Schnitzel mit Pommes zum Mittagessen gegeben, dazu Blattsalat. In der nächsten Woche hatte Tom das Krankenhaus verlassen dürfen. Zum Mörder war er verkommen, an einem einzigen Tag.

*

Und nun, hier, Jahre später in diesem Raum, in diesem Bett, da schien die Lösung plötzlich ganz einfach zu sein.

„Sind Sie Jaspers Frau?", fragte Tom.

„Nein, das bin ich nicht. Wer ist das?" Ihr Gesicht blieb starr, nur eine Augenbraue zog sich nach oben.

Der Kreis schloss sich. Alles passte hervorragend zusammen. Natürlich war sie Jaspers Frau, denn Jasper würde niemals Ruhe geben. Tom hatte alles kaputt gemacht, nicht nur ihre Freundschaft, sondern auch die Unbeschwertheit ihrer Kindheit.

„Sagen Sie Jasper, dass ich bereit bin." Jahrelang hatte er sich innerlich darauf vorbereitet. Dass der Moment bald da sein würde, beruhigte ihn beinahe.

„Wissen Sie, ich warte schon lange auf ihn. Ich hatte niemals die Chance, mit Jasper wirklich darüber zu sprechen. Ich möchte nicht um Verzeihung bitten, will nur, dass es vorbei ist."

Tom riss den Mund auf, schnappte nach Luft, er konnte kaum atmen. Jasper sollte endlich kommen und ihn erlösen. Er wollte nicht mehr von Wellen träumen, die über ihm zusammenbrachen, und nicht mehr Evas Gesicht in der Nacht sehen. Zwanzig Jahre waren genug.

„Ich weiß nicht, wovon Sie sprechen", sagte das Reptil mit

einem irritierten Gesichtsausdruck. Sie schien tatsächlich nicht zu lügen.

Tom war immer noch fremdbestimmt von Jasper. Zum ersten Mal fühlte er sich so, wie ihn seine Ex-Affäre vor Jahren beschimpft hatte: kauzig. Er war eigenwillig und verlebt. Voller Buckel. Voller Wale.

Plötzlich wurde ihm klar, dass ihm die Fantasie fehlte, dass Jasper ihn nicht suchte, war niemals Option gewesen. War es letztlich doch so, dass andere Seelen anders schliefen? Nahmen ihre Träume tatsächlich nicht seine Farben an?

Welch abartiger Gedanke. Würde er sein Leben lang von Geistern verfolgt werden? Konnte er denn niemals Ruhe finden?

Tom setzte sich auf. Die Bettwäsche hatte dünne hellblaue Streifen, genau wie damals im Krankenhaus. Trotzdem war es anders hier, es roch nach Staub und Katzenkot, nicht nach Desinfektion.

Sie reichte ihm ein Glas Wasser, er nahm es und trank.

„Waren Sie schon einmal auf der Beerdigung eines Kindes?", fragte Tom.

Es ging nicht darum, wie jemand hieß oder wieso er gerade dort im Leben stand, wo er nun mal war. Die Falten, die sich um die Augen zogen, die ganz sternenförmig waren, so, als würde das Auge in der Mitte irgendwann nach hinten rutschen und verschwinden und nur noch Risse übrigbleiben, das war es. Darum ging es.

Seine Mutter hatte diese Falten um die Augen bekommen, nachdem das alles geschehen war. Sie hatte Tom immer wieder an sich gedrückt, im Krankenhaus und in der Zeit danach.

Eines Abends hatte Tom hinter der angelehnten Wohnzimmertür gestanden und ein Gespräch seiner Eltern mit angehört, wie so oft. Nur, dass bis dahin niemals das Wort *Schande* gefallen war. Er war der Auslöser gewesen und fragte sich in diesem Moment, ob man eine Schande wegwaschen konnte, vielleicht so ähnlich wie die Sünden? Doch dies einen Erwachsenen zu fragen, das hatte Tom sich niemals getraut, weder an diesem Abend noch sonst in den kommenden Jahren.

Er spürte die schlagenden Arme unzähliger, die sich alle gegen ihn gewehrt hatten, fühlte die Glückseligkeit, nachdem er endlich Boden unter den Füßen wahrnahm mit der Gewissheit, dass die Person in seinem Arm in Sicherheit war. Die Erinnerung kam langsam zurück.

Wie dumm die Menschen waren, ins Wasser zu gehen. Ob es nun künstlich angelegte Pools, Seen oder die offenen Meere waren, es war immer leichtsinnig und keiner wollte ihm glauben.

Leben, er hatte mittlerweile viele gerettet, aber ein Lebensretter war er nicht. Das blieb ihm für ewig verwehrt. Hunderte Leben konnten nicht das eine Unglück aufheben.

Wenn Jasper hinter ihm her war und eines Tages Rache an ihm nehmen würde, wäre Tom bereit dazu. Er wollte sich nicht wehren. Alles wäre dann vorbei. Aber das heute, war nicht Jasper gewesen.

„Ich kann nicht mehr ewig so weitermachen", sagte Tom.

„Ich weiß", sagte sie.

Und plötzlich wusste er alles wieder. Er war kein Hochstapler. Er besaß auch keine Profitgier und keine Sehnsucht nach Anerkennung. Das, was ihn tatsächlich wahnsinnig machte, war das Wissen, dass keine Wasserstätte, die er bezwang, Eva zurückbringen würde. Damit musste er leben.

„Sie kommen jetzt klar?", fragte das Reptil. Ihre Wimpern-
tusche war ein wenig verschmiert.

Tom nickte.

Ja.

Irgendwann.

Vielleicht.

# Ein stilles Versprechen

Madeleine hat mich vom Bahnhof abgeholt und während wir uns beim Wiedersehen umarmten, roch ich ihr Parfum. Schwer und vertraut, es ist mein Zuhause. Ich bin wieder da.

Die Außenalster ist noch nicht zugefroren und begleitet uns auf unserem Weg zu Madeleines Freunden. Wir haben es gut. In einigen Fenstern sind bereits Lichter aufgehangen, alles bereitet sich auf Weihnachten vor. Harvestehude zeigt sich von seiner besten Seite. Nur auf den Schnee, da warten wir vergeblich.

*Seit ich zurück bin, scheint die Zeit still zu stehen. Manchmal bin ich so atemlos und gedanklich erschöpft, dann wiederum fällt mir nichts ein. Es ist wie eine Endlosschleife, alles steht still und dennoch wütet das Leben um mich herum weiter.*

„Möchtest du noch etwas von der Wildsalami, Sarah?", fragt mich Stefan.

Lächelnd schüttle ich den Kopf.

„Na, wenn das so ist", Marie grinst und schnappt ihrem Vater die letzte Scheibe von der Servierplatte weg.

Ich mag es hier. Stefan hat eine angenehm besonnene Ausstrahlung und Michaela ist sowieso klasse. Ich kann verstehen, warum sie und Madeleine seit Jahren befreundet sind. Es war an der Südküste Frankreichs im Sommer 2002, als sie sich bei einem Surfkurs der Universität begegnet sind. Der Kontakt der beiden ist nie abgebrochen, ebenso wenig wie der von Madeleine und mir. Seit ich wieder in Hamburg bin, ist es so, als wäre ich nie weg gewesen. Unsere Vertrautheit hat über unsere unterschiedlich verlaufenden Lebenswege gesiegt.

Madeleine hat mich immer unterstützt. Bedingungslos. Auch wenn sie von meinen Plänen nicht jedes Mal begeistert war, konnte ich stets auf sie zählen. So etwas ist besonders. Und dafür bin ich sehr dankbar.

„… oder was meinst du, Sarah?" Ich blicke auf, Michaela sieht mich fragend an. Das passiert mir öfter, ich kann mich einfach nicht mehr für längere Zeit konzentrieren oder richtig zuhören.

„Entschuldigung, ich war in Gedanken", murmle ich.

„Es ist ja auch schon spät." Madeleine nimmt ihr Glas und leert den Rotwein mit einem beherzten letzten Schluck. „Wir sollten bald aufbrechen."

Ich nicke. Ja, das sollten wir tun.

*Wenn ich mich erinnere, dann habe ich keine Gesichter mehr vor Augen. Ich höre ihre Stimmen. Die Angst, die mir entgegenschlägt, gleicht einer heißen Wand. Schwer und nicht zu durchbrechen. Meine Angst hingegen ist vergraben. Ich habe sie hinter mir gelassen, als ich aus dem Flugzeug gestiegen bin. Was zählt, ist der Augenblick, das Anpacken, das Menschsein.*

„Es war wirklich sehr lecker, vielen Dank für die Einladung." Ich blicke noch einmal zurück auf den Tisch, der nun nicht mehr reichlich gedeckt ist, sondern dafür leere Schalen, Teller und Schüsseln bereithält. Das hier ist Leben, das hier ist Geborgenheit. Wie sehr man erst etwas zu schätzen lernt, wenn man weiß, dass es nicht selbstverständlich ist. Die Gastfreundschaft von Stefan, Michaela und Marie ist großartig. Sie haben mich an ihren Tisch geladen, ich habe nicht nur köstlich gegessen, sondern auch ihre Geselligkeit genossen. Doch nun ist es Zeit zu gehen. Wenn ich darf, werde ich wiederkommen.

Draußen empfängt uns die kalte Abendluft. Mein Gesicht glüht, der Rotwein hat ganze Arbeit geleistet.
Untergehakt gehen wir die Allee entlang, Schnee liegt in der Luft, ich bin mir sicher, die Welt wird heute Nacht eine weiße werden.
„Möchtest du darüber reden?", fragt mich Madeleine.
Schneestille, wie sehr ich sie mir herbei gewünscht habe in den heißen Nächten, als der Boden nicht aufhören wollte zu glühen und mein Herz einfach nicht langsamer schlagen konnte.
„Worüber reden?" In diesem Moment spüre ich etwas Kaltes auf meiner Nasenspitze und kann nun endlich ehrlich lächeln. Es ist so weit.
„Es schneit, es fängt an zu schneien." Meine Müdigkeit ist verflogen, ich schaue in den Himmel, der dunkelblau, fast schwarz ist und aus dem mir nun weiße, kleine Flocken entgegenfallen. Ich breite meine Arme aus, sehe nach oben, schließe die Augen. Alles ist gut.

Eine Weile standen wir nur da und begrüßten den Schnee.
Schließlich spüre ich Madeleines Hand in meiner, die mich sanft zurück auf unseren Heimweg zieht. Schweigend gehen wir nebeneinanderher, es ist nicht kalt, der Schnee wird mich niemals zum Frieren bringen.
„Du bist dieses Jahr aus der Welt gefallen", sagt Madeleine nach einer Weile. „Hinein in eine andere. Und ja, ich kann

es mir kaum vorstellen, was du erlebt hast." Ihre Handschuhe umschließen meine.

Aus der Welt gefallen, das trifft es ganz gut. Alles, was nirgends Platz findet, bin ich.

„Ich weiß, dass es schwer ist", sagt Madeleine. „Du hast Schlimmes gesehen bei deinem Einsatz. Du hast Menschen geholfen und dabei dein Leben riskiert."

„Alles, was ich mir wünsche, ist, mich wieder halbwegs normal zu fühlen." Ein Geständnis, aber ich denke, dass ich es Madeleine zumuten darf. „Eben beim Abendessen, das ist das unbeschwerte Leben, was ich mir zurückwünsche. Und es geht nicht, weil es in meinem Kopf anfängt zu donnern, sobald es um mich herum leise wird. Und dann frage ich mich, wie wir alle dauernd wegsehen können, vor dem, was in der Welt passiert." Ich schluchze. Das ist seltsam. Normalerweise bleibt alles in meinem Hals stecken. Madeleine hält mich sanft am Arm fest, wir bleiben stehen.

„Es gibt dafür auch keine Lösung", sagt sie. „Aber ich glaube, es rauszulassen hilft. Darüber zu reden und zu weinen, wenn du dich danach fühlst. Das alles braucht seinen Platz. Und dennoch denke ich, dass wir trotzdem weiterleben müssen."

Ein Krankenwagen fährt an uns vorbei, in dem Moment, in dem er uns passiert, setzt die Sirene ein, das Blaulicht blendet mich. Fort, ich möchte weg von hier. Nichts ist gut.

„Auch von Hamburg aus können wir etwas tun. Wir können Hilfsorganisationen unterstützen und über ihre Arbeit aufklären. Es ist wichtig, nicht zu vergessen", sagt Madeleine.

*Die letzte Nacht in der Ferne, die keine Fremde mehr war, fühlte sich ungewiss an. Würde ich das Richtige tun? Lief die Zeit nicht wieder einmal gegen mich, sollte ich nicht woanders sein? Die Fragen in meinem Kopf wurden erstickt, durch die Hand, die sich sanft in meine legte.*

„Hey!", ruft es plötzlich hinter uns. In der Ferne sehe ich eine helle weiße Jacke, die langsam auf uns zuläuft. Durch die Dunkelheit ist der Rest nur schemenhaft zu erkennen, man könnte meinen, ein Schneemann läuft auf uns zu.

„Wartet mal", höre ich Marie, die wenige Sekunden später bei uns ankommt und erst mal nach Luft schnappt. In ihrer Hand hält sie meinen Schal.

„Den hast du bei uns vergessen."

Dankend nehme ich die weiche Wolle entgegen.

„Es war schön, dass ihr da wart. Ich bin froh, wenn meine Eltern mal coole Leute zu Gast haben."

Madeleine lacht. „Da haben wir ja Glück gehabt." Sie zwinkert Marie zu. „Wie gut, dass ich mich durch dich gar nicht alt fühle."

„Ich meine das nur nett", Marie grinst und wendet sich mir zu.

„Ich wollt dich etwas fragen", sagt sie und sucht kurz Blickkontakt, bevor sie wieder wegschaut. Verlegen beißt sie auf ihre Unterlippe, doch Madeleine nickt ihr aufmunternd zu. Es scheint, als würde sie wissen, worum es geht.

„In meiner Stufe ist jemand aus Syrien. Könntest du mir vielleicht von deinem Aufenthalt dort erzählen? Ich weiß auch nicht, aber … ich möchte es besser verstehen. Das alles."

Du hattest recht, denke ich und drücke Madeleines Hand, die immer noch meine umschlossen hält, kurz und fest.

„Sehr gerne", sage ich. „Und keine Scheu, du kannst mir alle Fragen stellen, die du möchtest."

Marie lächelt. Sie kommt mir so erwachsen vor. Waren wir damals mit 18 bereits auch so reif? Oder ist das die Bürde der jungen Generation, die ihre Augen vor den Krisen der Welt nicht mehr verschließen kann und will?

„Super. Ich habe das schon mit Mama abgeklärt. Du kannst am nächsten Freitag wieder gerne zum Abendessen zu uns kommen."

Madeleine, die neben uns steht, trippelt langsam von einem Bein aufs andere.

„Sagt mal, ist euch gar nicht kalt?" Sie zieht die Nase leicht hoch.

„Mir ist nie kalt", antwortet Marie, lacht und winkt uns zu, während sie sich rückwärtsgehend ein paar Schritte von uns entfernt.

„Also kann ich am Freitag auf dich zählen?", ruft sie.

„Na klar!" Ich hebe kurz meinen Daumen und winke dann ebenfalls.

Marie verschwindet zwischen den Flocken der Nacht und endlich fühlt sich mein Brustkorb nicht mehr ganz so schwer an.

*Die entsprechende Flughöhe war erreicht, der Gurt durfte gelöst werden. Als ich hinunter auf die Wolken blickte, wusste ich, dass ich wiederkommen würde. Ein stilles Versprechen, denn ich würde nicht vergessen, weder die Gespräche noch die Tränen oder das seltene Lachen.*

*Ein Land hatte mich geprägt, so viel mehr, als ich es mir je hätte vorstellen können. Mein Gurt löste sich, ich war frei und doch wusste ich, ganz gelöst würde ich nie wieder sein.*

# Agda

Was mich umtreibt, was mich bezwingt, ist nicht in Worte zu fassen.

Selbst wenn ich versuche, es zu beschreiben, hört es sich für mich so fremd an. Schattenwände lassen sich nicht in Formen zwängen. Sie sind da, belauern und umhüllen mich. Alles soll ich werden, aber nichts darf ich in Ruhe sein.

Er hört die Tür ins Schloss fallen und die Welt ist wieder in Ordnung.

Jetzt können sie gemeinsam essen, er hat schon alles vorbereitet.

Freitags, da kümmert immer er sich um das Abendessen. Er nimmt Käse und Wurst aus der Verpackung und tischt sie sorgfältig auf. Radieschen, Tomaten und Gurken gehören selbstverständlich auch dazu.

Agda betritt die Wohnküche, in ihrer Hand hält sie eine kleine graue Tüte. Im nächsten Moment zaubert sie aus dieser mit einem Handgriff eine rote Wollmütze hervor. Sogar mit Bommel dran.

„Ist die nicht schön?", fragt sie.

Er nickt und setzt sich. Er möchte jetzt wirklich gerne essen.

Agda zieht die Mütze über die Ohren.

Wie sehr sie sich wohl nach der Kälte sehnt? Dabei ist es noch Spätsommer und die rote Wolle ist sicher viel zu warm auf ihrem Kopf.

„Du siehst nach Winter aus, nach Schnee und Eis", seufzt er, während Agda sich leicht wiegend im Raum bewegt. Beinah dreht sie sich, fast kann sie schon den Schnee auf ihrer Nasenspitze spüren.

Er sitzt am Tisch, schaut sie an und wundert sich, dass sie beide hier gelandet sind. Dabei gibt es den richtigen Ort nicht und die wahrhafte Zeit ist sowieso längst vergangen.

Taumel dich durch den Schnee. Tanze dich durch den Winter.

Doch das hier, das Abendessen, das ist die Normalität. Das üben wir jetzt, Agda.

So, wie sich andere gemeinsam an den Tisch setzen. Man redet, teilt den Alltag, vielleicht sogar die Träume und Wünsche miteinander.

Werden sie das jemals können?

Das wäre schon alles. Mehr möchte er doch gar nicht.

Es würde mir die Welt bedeuten, Agda.

„Glaubst du mir das?", hatte sie ihn bei ihrer ersten Begegnung gefragt. „Dass ich es schaffe, 40 Sekunden lang die Luft anzuhalten?"

Er hatte nur gedacht, dass Agda ein merkwürdiger Name war, der hart und gleichzeitig weich klang. Ähnlich wie eine Melodie.

Sie hatte vor ihm gestanden und gelacht.

„Träumst du?", hatte sie gefragt. Ihre Lippen waren ganz schmal geworden und ihre Wangen leicht gerötet.

40 Sekunden reichen, hatte er gedacht und genickt.

Vielleicht sogar für ein gutes Leben.

Agda mag Geschichten. Die, die alle schon kennen, aber anders enden als gewöhnlich.

Umknicken und dabei nicht fallen, balancieren ohne Sicherheitsnetz.

Immer dieser Lärm. Sie würde sich beschweren, wenn sie nur könnte.

Alles verwüsten. Ganz anders als im Winter, denn da muss man sich nur zurückziehen.

„Ich habe Angst", hatte sie ihm einmal zugeflüstert.

Blaumeisen sind zu Kohlmeisen verkommen.

Hast du wirklich geglaubt, die Verunsicherung könnte verschwinden?

Blickkontakt suchen, das fällt Agda schwer. Dann starrt sie auf Poren, sieht das Zucken der Wimpern und die fettige, glänzende Haut. Wie ungepflegt ein Gesicht aussehen kann. Dabei mag sie doch markante Linien.

Die Grenzen verschwimmen so schnell. Es gibt keine Grauzonen, die Ansicht muss klar und gefestigt sein.

„Ich vermisse dich, Agda", würde er manchmal gerne sagen.

Aber sie ist ja da, sie steht neben ihm im Raum. Die Zuversicht ist von der Kante gerutscht.

Er möchte sie wirklich verstehen, wenn sie wieder einmal sagt, dass sie so müde ist. Dann erzählt er ihr Geschichten über den Schnee und die Eulen. Ein gezeichnetes Bild mit möglichst viel Weiß, weil das Schwarze sie so schnell verschluckt.

Dabei ist er dem Winter nicht freundlich zugewandt. Eiswände lassen ihn glauben, nie wieder die Sonne zu spüren.

Aber nichts liegt ihm ferner, als ihr Angebot nicht anzunehmen. Ein friedlicher Augenblick ist so viel mehr wert, als all die Sorgen. Er könnte sie niemals verletzen.

Sie drehen sich weiter, nicht loslassen, bitte nicht loslassen.

Wenn das Herz in den Dialog eintritt, dann hat man doch eh keine Chance.

Dabei möchte ich noch so viel mehr.

Wie oft man um Verzeihung bittet, wie abstrakt das Flehen um Vergebung scheint.

Sie schrieb mit ihrem Finger Worte in den Sand. Das war kein Schneeersatz, aber es war ein Anfang.

„Ich hatte geträumt, du hättest versagt", flüstert eine leise Stimme.

Alles ist in Ordnung, wie immer, ja sicherlich.

Ich wünschte, ich könnte mir nur einmal selbst glauben.

Auf der Suche nach Heimat schneidet er sorgsam die Brothälfte durch.

„Wollen wir nachher noch Scrabble spielen?", fragt er. Agdas Nase kräuselt sich immer, wenn sie nachdenkt, gedanklich Buchstaben verschiebt, um anschließend Wörter zu bilden.

Wie gerne er sie dabei anschaut, denn dann ist Agda einfach da. Nicht melancholisch, ja nicht einmal traurig.

Für einen Moment lang ist sie wieder das lachende Mädchen von damals.

„Ich wollte eigentlich noch joggen gehen", antwortet Agda und beißt ein kleines Stück Brot ab.

Wann hast du deinen Appetit verloren? Kommst du jemals zurück zu mir?

Die schönste Brotzeit, die hatte er in seiner Kindheit erlebt, nachdem sie den Berg hinaufgestiegen waren. Auf der Wiese wurde eine große Decke ausgebreitet. In dem Moment, als sie beim Auswerfen den höchsten Punkt in der Luft erreichte, waren er und sein Bruder kreischend unter dem kurzweilig aufkommenden Zelt hindurch gelaufen. So konnte sich der Himmel anfühlen. Sie hatten geschrien vor Aufregung und Freude, die Eltern hatten gelacht und die Decke war schließlich zu Boden gesunken.

Es gab Wurst und Käse, frisches Brot, Karotten und Senf. Seine Mutter hatte Kaffee in einer Thermoskanne dabei gehabt, natürlich auch Kakao für die Jungs.

Zu viert hatten sie auf der Wiese gesessen, beschützt von den Bergen, geborgen durch die Wärme der Sonne.

Das war sie, die liebste Erinnerung an eine zeitlose Kindheit, wenn Tage die Länge von Wochen erreichten, weil in ihnen so viel passierte. Barfuß hatte er das Gras unter sich gespürt, aufgeregt hatten er und sein Bruder sich mit dem kleinen Taschenmesser Wanderstöcke geschnitzt.

Niemals wieder hatte eine Brotzeit so gut geschmeckt.

Auch wenn er es später noch so oft versucht hatte.

Da bist du wieder, ertappt beim Versuch, die Zeit zurückzudrehen.


Sie hatte die Luft angehalten.

Es waren niemals 40 Sekunden gewesen, doch das hatte auch nie eine Rolle gespielt.

Agda hatte herausgefordert, sich und ihn, so lange, bis sie sich an den Händen gehalten und im Kreis gedreht hatten.

Spürst du den Wind? Kannst du ihn fühlen?

„Mir wird ganz schwindelig, Agda." Er wollte sich hinsetzen, er brauchte eine Pause.

„Niemals" schrie sie. „Niemals."

Sie durften die Hände nicht loslassen, dann würden sie beide rücklings in den Schnee fallen.

Sie drehten sich weiter.

Nicht loslassen, bitte nicht loslassen.

# Klammeraffen

Die Häuser waren so hoch und mausfarben, dass Julika Angst hatte, sie würden plötzlich zur Seite kippen und sie erschlagen. Wie hässlich wäre es, all diesen Beton über sich zu haben. Wäre dieser Zustand, also außer dem vielen Grau, überhaupt schlimm?

Wenn man über sechstausend Kilometer geflogen war, nur um sich die Kapuze weit bis über die Stirn zu ziehen, um nicht vom heftigsten Schneegestöber dieses Winters überwältigt zu werden, hatte diese Frage ihre Berechtigung.

In Deutschland gab es niemals so viel Winter, zumindest nicht in Erfurt, dort wo sie mit Bastian drei Jahre lang glücklich war. Ihre neue Heimatstadt in Thüringen wurde aus guten Gründen immer beliebter, denn nicht nur Julika fühlte sich in lauen Sommernächten an Venedig erinnert. Es gab viele kleine Gassen und Winkel, dazu Wasser und eine Freundlichkeit der Bewohner, gepaart mit einer Gelassenheit, die Julika in Berlin, wo sie aufgewachsen war, selten erlebt hatte.

Julika schloss die Tür zu ihrem gemieteten New Yorker Appartement auf, sie spürte kaum ihre Finger. Wenn auch nur äußerst ungern, sie hatte heute nach draußen gemusst, der Kühlschrank war nur noch mit zwei angeschimmelten Weißbrotscheiben sowie einem Kanister Milch ausgestattet.

Sie stellte die Plastiktüte mit den Einkäufen neben sich ab und stand ratlos im Zimmer. Ihr war so kalt, dass sie die

Jacke vorerst nicht auszog. Auch sonst wusste sie nicht, wohin mit sich. Der Boden des Raumes war übersät mit Kleidungsstücken, die sie nach der Trennung und Bastians Auszug übereilt in ihren größten Koffer geworfen hatte. Hauptsache weg, war das Ziel gewesen.

„Sei nicht so dramatisch und komm nach Berlin", hatte Frederik am Telefon gesagt, als Julika ihren Vorsatz, endlich den lang geplanten New York Aufenthalt in Angriff zu nehmen, laut ausgesprochen hatte.

„Kein Mensch fliegt im November in den Norden Amerikas, das ist total bescheuert", war die wenig hilfreiche Argumentation ihres Bruders gewesen.

Im Grunde war es Julika egal, was er dachte. Sie wollte nur nicht selbst die Aufgabe übernehmen, ihre Eltern über die Trennung und ihre bevorstehende Auszeit in Kenntnis zu setzen. Für so etwas waren kleine Brüder zu gebrauchen.

„Und was soll ich ihnen sagen?", hatte Frederik gefragt.

„Keine Ahnung. Lass dir was einfallen."

„Dir ist klar, dass Mama keine Ruhe geben wird? Du bist in New York und ich kann mir das Gejammer anhören. Und all die Fragen, was plötzlich los sei mit dir."

Julika hatte gedacht, dass das vielleicht gar nicht so schlecht war. Dann würde ihr Bruder wenigstens einmal erleben, was sie all die Jahre wegen ihm schon hatte durchmachen müssen.

Die Tür schlug zu und Julika erschrak. Nur die Zugluft. Ihr Herz raste. Sie streifte sich die Kapuze vom Kopf und öffnete die Knöpfe ihres Wollmantels. Julika zitterte. Sie sehnte sich nach heißem Wasser, aber wenn sie jetzt duschte, würde sie schlecht schlafen, denn die Nasszelle befand sich direkt neben ihrem Bett und die Feuchtigkeit zog sehr langsam ab. Zwar gab es ein kleines Fenster weit über der verrosteten Kochplatte, doch um dieses zu öffnen, musste Julika erst einmal auf den wackeligen Hocker steigen. Keine schöne Aussicht, wenn es draußen dazu auch noch minus zehn Grad hatte.

Wen kümmert's, wenn ich heute nicht dusche. Niemanden. Erneut stiegen ihr die Tränen hoch.

„Wir sind Klammeraffen geworden", hatte Bastian im April gesagt. Für ihren Freund waren angeknabberte Fingernägel ungepflegt, für Julika war es seine Forderung gewesen, die Beziehung zu öffnen. Was folgte, waren viele Fragen ihrerseits, die Bastian nicht beantworten konnte oder wollte. Er wusste nicht, was ihm an Julika fehlte, ebenso wenig, was ihm vielleicht zu viel war. Bastian sagte lediglich, dass er etwas anderes wollte, als das, was sie gemeinsam hatten.

„Ich möchte keine offene Beziehung", hatte Julika gesagt, völlig irrational. Ihrem früheren Ich wäre schon zu diesem Zeitpunkt klar gewesen, dass sie von einem Mann, dem sie nicht ausreichte, endgültig genug hatte. Aber die Ansprache Bastians war so ganz aus dem Nichts heraus gekommen, dass ihr kein Gegenargument einfiel, geschweige denn für den Augenblick die Fähigkeit besaß, logisch zu denken. Schließlich hatte Julika geweint und das tat sie eigentlich nie, schon gar nicht vor Bastian. Er hatte sie in den Arm genommen, irgendwas von „Nicht, bitte", geflüstert und dann versprochen, dass sich nichts Offensichtliches zwischen ihnen ändern würde.

„Keine klassische, offene Beziehung", hatte er gesagt. „Du würdest davon überhaupt nichts mitbekommen. Wir sind nach wie vor ein Paar. Aber du musst verstehen, dass ich dich nicht hintergehen möchte. Ich will ehrlich zu dir sein.

Ich brauche nur etwas mehr Freiheit. Mir ist das wirklich ein Bedürfnis."

In diesem Moment hatte Julika das Verlangen gehabt, ihm den Mund zuzukleben, mit braunem Paketband, das richtig fies schmerzen würde, sollte er versuchen, es wieder abzubekommen. Da sie aber keines hatte und generell den Wunsch, Bastian vorerst nicht mehr zu sehen, war Julika stattdessen an diesem Abend zum Squash geflüchtet.

Während des Spiels hatte sie so fest gegen den Ball geschlagen, dass erst jemand von draußen an die Glasscheibe geklopft und dann maßregelnd den Kopf geschüttelt hatte.

Mit niemandem hatte Julika über ihr Gespräch und Bastians Forderungen gesprochen. Er hinterging sie nicht heimlich, er stand dazu, dass Julika ihm nicht genügte. Es gab keinen Verdacht, der im Raum hing, ebenso wenig eine heimliche Affäre, die es aufzudecken galt. Stattdessen wohnte eine erschütternde Ungläubigkeit in Julika, durch die sie sich manchmal fragte, ob sie das Gespräch nicht einfach nur geträumt hatte. Nie wieder hatte Bastian seine Wünsche nach anderen Frauen geäußert, er machte den Anschein wie immer und Julika versuchte, sich anzupassen, doch es gelang ihr nicht mehr. Jedes leise geführte Telefonat, jede abgerufene Website, die später nicht im Browserverlauf stand, ließen Julika wütend werden und sie gleichzeitig verstummen. Was sollte sie auch sagen gegen Frauenphantome, die keinerlei Spuren hinterließen, außer einem Lächeln auf Bastians Gesicht?

Es wurde Sommer und sie waren gemeinsam in Biergärten gegangen und mehrfach zu Julikas Eltern gefahren.

„Berlin ist im Sommer viel zu heiß und stickig", hatte Bastian gesagt.

„Fahrt zum Wannsee raus", hatte ihre Mutter am letzten Wochenende im August vorgeschlagen.

Julika hatte genickt, sie waren vom Frühstückstisch aufgestanden und nach oben gegangen.

„Wir können ja zum See, nachdem wir bei Elena vorbeigeschaut haben." Julika hatte sich stöhnend über die Stirn gefahren und die Schweißtropfen weggewischt. Es war nicht einmal elf Uhr vormittags.

„Fahr du nur", war Bastians Antwort gewesen. „Ich bin noch verabredet."

Die Selbstverständlichkeit seiner Worte hatten sie entwaffnet. Seine Souveränität, für die sie ihn am Anfang ihrer Beziehung bewundert hatte, begann, sich in etwas Gefährliches, Unkontrollierbares zu verwandeln.

Julika hatte sich aufs Bett gesetzt. Ihr Jugendbett war immer noch mit der knallgrünen Bettwäsche bezogen, die in den 80ern ihre Lieblingsfarbe gewesen war.

„Mit wem bist du verabredet?", hatte sie gefragt und versucht, dabei möglichst neutral zu klingen. Bastian kannte niemanden in Berlin.

„Mit einer Bekannten", war seine knappe Antwort gewesen, ganz ohne verlegen zu werden.

Julika hatte nach Luft geschnappt. Bastian gab sich nicht einmal mehr die Mühe, sie wenigstens anständig zu belügen.


Das Summen des Kühlschrankes weckte Julika auch in der fünften New Yorker Nacht. Bisher war sie immer wieder aus dem Schlaf hochgeschreckt, nassgeschwitzt und orientierungslos. Abwechselnd schaltete sich entweder die Lüftung im Badezimmer oder die Zirkulation des Kühlschrankes an. Dazu kamen die Sirenen der Polizei, deren

Station direkt um die Ecke lag. Mehrfach rückten die Autos mit Blaulicht und Geheul aus. Das Verbrechen wurde einfach nicht müde.

Julika griff nach ihrem Telefon. Es war kurz nach vier. Immerhin, sie hatte länger geschlafen, als in den vergangenen Nächten, da war sie meistens schon gegen zwei Uhr wach geworden. Seufzend fiel sie zurück in die Kissen.

Die Gedanken flogen herbei, umkreisten sie, wiederholten sich und wurden immer lauter. Bastian über einer fremden Frau ... Bastian, der sich die Haare abrasierte, damit er seriöser und reifer wirkte ... Ihr Meerschweinchen Kobold, gestorben, weil Julika den Käfig in der Sonne hatte stehen lassen.

Es war ein Durcheinander ohne Struktur. Ein Zerren um ihre Aufmerksamkeit, nur wusste Julika nicht, woher die Fetzen von Erinnerungen, Vorstellungen und grauer Trauer eigentlich kamen. Da waren Bilder dabei, die unwichtig waren. Sätze, denen sie sonst nie Bedeutung beigemessen hätte und auf einmal schlugen all diese Nichtigkeiten mit einer Rücksichtslosigkeit auf sie nieder, dass Julika sich teilweise nicht weiter zu helfen wusste, als sich einfach die Ohren zuzuhalten.

Wäre sie selbst mit sich befreundet? Hätte eine fremde Person mit ihrem Aussehen etwas ganz anderes angestellt? Vielleicht eine Kurzhaarfrisur, Tattoos und Wimpern, die künstlich waren und bei Nervosität nicht zuckten?

Wenn man ein Leben lang unauffällig gewesen war, dann war das hier die Höchststrafe. Was hatte sie verbrochen, dass ihr Kopf, ihre Vernunft ihr nicht mehr gehorchten? Ein Lebenslauf ohne Brüche und Aufruhr, der solide, ja beinahe vorbildlich war, durfte nicht durch ein plötzliches Aus unterbrochen werden.

Julika kannte den Prozess einer Trennung bisher anders. Es waren stets bewusste Entscheidungen gewesen, die zwar wehtaten, doch schon das Wissen, dass es so besser war, hatte Julika stabil und tapfer durch eine solche Situation kommen lassen.

Die Trennung von Bastian hingegen war anders. Er war gegangen, nicht sie. Dieser Akt glich dem Essen einer Currywurst mit überscharfer Sauce. Erst hatte Julika den Mund verzogen, dann fing es höllisch an zu brennen, bis es ihr die Tränen in die Augen trieb und am Ende hatte sie den ganzen Mist nur noch ausspucken wollen. Mittlerweile hatte sie das Zerkaute bereits heruntergeschluckt, nur dieses fiese Brennen, das wollte einfach nicht verschwinden.

Im Flur erklang ein Poltern. Dann schrie eine Frau. Ob vor Freude oder Schmerzen war nicht auszumachen.

Julika zog die Decke bis zu ihrer Nase.

Es war ein seltsames Haus, nicht besonders hoch gebaut für New Yorker Verhältnisse und so hellhörig, dass Julika manchmal Angst hatte, man würde von ihren Albträumen bis hinauf unters Dach erfahren. Das Gebäude war allein im Flur so verwinkelt, dass sie sich fragte, wer jemals diesen Bauplänen hatte zustimmen können. Es bestand gefühlt hauptsächlich aus einem Treppenhaus.

„Manchmal hatte ich das Gefühl, dass mich das hier alles nur lähmt", hatte Bastian gesagt, das letzte Mal, als er in ihrer gemeinsamen Wohnung stand und auf die Essecke sowie den Wohnzimmerbereich zeigte. Die dunkelblaue Couch, auf die hatte er bestanden, ebenso wie auf den Kamin. Noch nie hatte Julika so viel Feigheit auf einmal bei Bastian gesehen. Er schob ihr die Wohnung zu, als Argument der Fesseln, dabei hatte er die Handschellen mit ausgesucht. Wenn man sich schon selbst verriet, dann sollte man wenigstens nicht die Vergangenheit leugnen.

Es war der dreizehnte Tag in New York. Julika hatte aufgehört, den Wetterbericht zu verfolgen. Ihr Schirm war bereits am Montag nach der Ankunft kaputt gegangen und ihr Wintermantel war leider immer noch nicht wasserdicht. Somit blieb sie weiterhin die meiste Zeit drinnen. Auch dies hatte Vorzüge. Jahrelang hatte sich Julika keine Cartoons mehr angesehen, was sie nun als unheimliches Spaßversäumnis empfand. Sie lachte laut über das gelbe schrille Küken, dass die Beine eines Zebras besaß und hilflos einem kleinen lila Frosch hinterherlief. Niemand störte sich hier an ihrem Lachen oder an dem ständig laufenden Fernseher.

Sie dachte an den letzten Kinobesuch.

Warum machte man eigentlich all das, ging ins Kino und teilte sich Popcorn? Man führte immer wieder die gleichen Gespräche, lernte sich kennen und entdeckte kleine oder auch größere Fehler, die man verzieh, weil sie ja in gewisser Weise einen Charakter formten.

„Du wohnst in eurer Beziehung", hatte Frederik einmal zu ihr gesagt. Es war der zweite Weihnachtsfeiertag im letzten Jahr gewesen und sie hatten die Siedler von Cartan gespielt. Irgendwann, weit nach Mitternacht, war erst ihr Vater und dann ihre Mutter schlafengegangen, zurückgeblieben waren die Geschwister, bewaffnet mit viel zu viel Zucker und Wein. Eine schlechte Kombination, die nichts als Ehrlichkeit hervorbrachte.

„Was soll das heißen, Freddie, dass ich in der Beziehung wohne?" Julika hatte die Arme verschränkt, bewusst, damit ihrem Bruder klar war, dass er sich hier auf dünnem Eis bewegte.

„Ich glaube, dass du jemand bist, der die Zeit anhalten will", hatte Frederik geantwortet und sein Weinglas im nächsten Moment geleert. „Und Bastian ist einer, der ständig versucht, sein Leben zu überspringen. Das funktioniert auf Dauer nicht."

Julika stand auf, schaltete den Fernseher aus und schüttelte den Kopf. Was wusste jemand, der so zeitlos war, wie ihr Bruder?

Wenn sie sich überlegte, was sie schon immer im Sinn hatte, dann gab es da viele Antworten. Als Jugendliche hatte sie Gedichte schreiben wollen. Nicht eines hatte sie bis heute verfasst. Lag es daran, dass sie es nicht konnte, oder an der Tatsache, dass Lyrik nicht mehr in die heutige Zeit passte und somit keine Chance hatte? Wie sollte man schon davon existieren können? Wie konnte man damit Anerkennung gewinnen? Wenn man Worten größere Bedeutung gab, als sie tatsächlich besaßen, wenn man der Romantik nachträumte und glaubte, dadurch würde sich noch etwas bewegen?

„Freddie, ich weiß überhaupt nicht mehr, was ich will", murmelte Julika in den Laptop.

In Berlin war es bereits 20 Uhr am Abend, während hier in New York noch die Sonne hätte scheinen können, wenn es nicht gerade der kälteste Wintereinbruch seit Wetteraufzeichnungen gewesen wäre. Die Bilder, welche die Kamera vom PC ihres Bruders übertrug, hatten immer wieder Zeitverzögerungen. Ab und an blieb das Bild sogar komplett stehen.

„Wann ist denn dein Rückflug? Dann komm ich dich abholen und wir machen erst mal was Schönes. Wir könnten zum Beispiel in eine Therme an die Ostsee fahren."

Auch wenn ihr seit vier Wochen nach Weinen zumute war, jetzt musste Julika doch ein bisschen lächeln.

„Du möchtest mit mir in einer Therme entspannen? Na das will ich erleben."

Frederik war chronisch aktiv. Schon zehn Minuten am selben Ort zu verweilen, machte ihn ganz nervös. War Julika die Ruhige und Ernsthafte der Geschwister, verkörperte Frederik stets das Gegenteil. Sich ihren Bruder jetzt ruhend in einem Schlammbad vorzustellen, ermöglichte Julika einen Moment des Ausbrechens.

„Ich brauche neue Herausforderungen", sagte Frederik und sah auf sein Telefon, das vor ihm auf dem Schreibtisch lag und aufleuchtete. „Du, ich bekomme hier gerade einen wichtigen Anruf."

Julika war froh darüber. Seine nächste Frage wäre sicherlich gewesen, wie es ihr ginge.

„Macht nichts, wir schreiben, bis bald." Schon hatte sie die Leitung unterbrochen, Frederiks Bild verschwand und Julika war wieder alleine. So hatte sie sich die Antwort verkneifen können, vor der sie selbst Angst hatte, sie auszusprechen.

Ich habe immer noch nicht meinen Rückflug gebucht … habe weitere zwei Wochen Urlaub eingereicht … kann gerade nicht zurückkommen … kann ja nicht einmal aufstehen und die Stadt erkunden. Im Grunde kann ich gar nichts. Eigentlich tröstet mich nur der Gedanke, dass ich, wenn ich schon so todtraurig daliege, wenigstens hier in New York bin.

So sehr Julika die Möglichkeiten liebte, ständig mit jedem

in Kontakt zu sein, jetzt hätte sie alles dafür gegeben, dass das Internet, ja sogar Telefonleitungen eine Erfindung gewesen wären, die nicht existierten. Dann hätte sie sich hingesetzt, einen langen, ausführlichen Brief geschrieben und ihn irgendwann zum Postamt gebracht. Es hätte ihr Zeit verschafft. Niemand hätte eine sofortige Erklärung von ihr verlangen oder sie auf einem Bildschirm, tausende Kilometer entfernt, per Livestream beobachten können.

Frederik hatte bestimmt gedacht, dass sie wahnsinnig blass aussah. Sie musste sich endlich zusammenreißen und rausgehen. Auch wenn der Wind kalt war, würde sie wenigstens rote Backen bekommen. Mit einem entschlossenen Ruck stellte sie die Teetasse neben sich auf dem Boden ab. Am nächsten Morgen, sobald es hell wäre, würde sie sich ein Stück New York anschauen und nicht nur zum Supermarkt laufen, vier Straßen weiter.

In Büchern und Filmen, da kamen sich die Protagonisten auf dieser Brücke entgegen, trafen sich mittig und fielen sich glücklich in die Arme.

Es war Mittwochmorgen, nur wenige Menschen gingen bei Minus dreizehn Grad über Wasser. Julika versuchte es trotzdem. Sie war mit der U-Bahn bis zur Haltestelle High Street gefahren, um von dort über die Brooklyn Bridge nach Manhattan zu laufen. Während der Fahrt war der ältere Mann neben ihr, ein Saxophon auf dem Schoß haltend, immer wieder gegen sie gerutscht. Kurz hatte ihre Hand seinen Mantel gestreift, Julika hatte die kratzende Wolle gespürt und sich gefragt, warum sie eigentlich keine Handschuhe trug. Gewohnheiten aus der Kindheit konnte man also doch verlieren.

Eines musste man den Leuten aus Brooklyn lassen, sie

haben auf dieser Seite definitiv die bessere Aussicht, dachte Julika.

Mit langsamen Schritten lief sie die ersten Meter, den Mund und die Nase tief unter dem Schal begraben und die Arme eng um den Körper geschlungen. Sie mochte das Gefühl, ganz klein und unbedeutend auf dieser Brücke zu sein. Sobald ihr jemand entgegenkam, grüßte man, was wohl einzig der Tatsache geschuldet war, dass nur sehr wenige Menschen bei dieser Kälte unterwegs waren. Die Anstrengung ließ einen stärker kämpfen und die Schmerzgrenzen weiter nach außen verschieben.

Bastian hatte immer den Ironman auf Hawaii bestreiten wollen. Sein großer Traum war ein verschwitzter Wettstreit. Am Berlin Marathon hatte Bastian bereits drei Mal teilgenommen, beim Frankfurter Lauf und in Köln hatte er Bestzeiten erreicht. Julika hatte ihn am Rand stehend angefeuert, laut und mit Stolz, manchmal auch mit Sorge, weil Bastian im Vorlauf nicht die Zeit zum Trainieren gefunden hatte, die er eigentlich für solche Distanzen benötigte.

„Dass du das immer wieder schaffst", hatte sie an einem Abend in einem Frankfurter Hotel lachend zu ihm gesagt. Er hatte auf dem Bett gesessen und sich die Waden massiert, die Linke war durch einen Krampf während des Laufes besonders in Mitleidenschaft gezogen worden.

„Was meinst du?" Er hatte aufgeschaut und dabei glücklich ausgesehen.

„Wenn ich einmal einen Marathon gelaufen wäre, dann hätte ich mein Ziel erreicht", sagte Julika, war hinter ihn getreten und hatte die Hände auf seine Schultern gelegt.

„Ich will mich verbessern, das will doch jeder", war Bastians Antwort gewesen. Er hatte die Augen geschlossen, sich zurückgelehnt und tief eingeatmet. „Was motiviert dich denn, um weiterzukommen? Was möchtest du erreichen?"

Julika hatte nicht geantwortet und stattdessen, mit kreisenden Bewegungen ihrer Hände, seine Schultern entspannt.

Sie war noch nicht weit gekommen, obwohl sie gefühlt, bereits seit Stunden gegen den Wind ankämpfte. Die Brücke schien endlos zu sein. Es begann zu schneien. Schon wieder.

Du wohnst in eurer Beziehung, schallten Frederiks Worte in ihrem Kopf.

Julika kniff die Augen zusammen. Sie hätte sich einen neuen Regenschirm kaufen sollen. Der Schnee peitschte ihr ins Gesicht, die Böen pfiffen und rissen schließlich ihre Kapuze vom Kopf. Die Flocken waren schwer und nass, sie setzten sich auf ihren Haaren fest. Von allen Seiten drückte es. Eis, überall waren Kristalle, die auf ihrer Haut brannten.

Scheiße. Ich bin in New York. Wenn ich Natur will, fahre ich in den Nationalpark.

Sie drehte sich um, der Wind fegte gegen ihren Rücken. Das Ufer Brooklyns lag in weiter Ferne. Sollte sie sich wirklich vom Sturm treiben lassen, zurück in ihr Appartement? Das wäre wie aufgeben. Julika ballte die Fäuste in ihren Jackentaschen; sie würde weiterlaufen.

Doch schon beim nächsten Schritt merkte sie, welche Stärke die Böen tatsächlich angenommen hatten.

Ein Jogger passierte sie und rief ihr zu: „Good day for a walk!"

Julika setzte einen Fuß vor den anderen, langsam, aber bestimmt. Ihr Blick war nach unten gerichtet, um überhaupt etwas zu sehen. New York lag zwar vor ihr, versank jedoch immer mehr im Nebel, wurde grau und unsichtbar.

Manhattan wirkte auf einmal wie eine Insel im Dunst, das Festland schien meilenweit entfernt zu sein. Wie auf hoher See hatte das Unwetter sie umzingelt, ließ sie zwar erahnen, dass es irgendwo Land gab, doch dieses erschien mittlerweile unerreichbar. Julika fühlte sich, als wäre sie an Bord eines Schiffes, kurz davor, dem Sturm nicht mehr entweichen zu können.

Wenn man es nicht einmal bis zur Mitte der Brücke schaffte, kraftlos stoppte und weinte, blieb man dann für die Menschen unsichtbar?

An diesem Morgen bekam Julika eine Antwort auf die Frage. Sie wusste nicht mehr, wer ihren Arm genommen hatte, beruhigend, sofern das im Sturm möglich war, auf sie einredete, um gemeinsam mit ihr zurück nach Brooklyn zu laufen.

Irgendwann saß sie auf einem Stuhl in einem kleinen Lampenladen und eine Decke lag um ihre Schultern. Die dampfende Tasse Tee, die vor ihr stand, war ein Trost, ebenso die Worte, die ihr jemand sagte: „It's not your fault."

Julika konnte nicht mehr weinen, alle Tränenflüssigkeit war aufgebraucht. Sie saß nur da und versuchte schluckweise, wieder lebendig zu werden. Nachdem sie mehrfach versichert hatte, dass sie keinen Arzt brauchte, hatte Andrew, der Retter von der Brücke, ihr seine Handynummer gegeben.

Julika hatte sich bedankt, obwohl sie wusste, dass sie ihn nicht anrufen würde. Er hatte sie in ihrem schwächsten Moment erlebt, daran wollte sie nicht mehr erinnert werden, auch wenn Andrew mit Sicherheit ein guter Mensch war.

War sie überhaupt einer? Schon vor Wochen hatte sie damit

begonnen, sich selbst zu misstrauen. Wenn so viel schief ging, musste es doch an ihr liegen.

Sie wollte schlafen und Wärme und nicht mehr die mitleidigen Blicke ertragen müssen, die ihr immer wieder entgegenschlugen.

Am nächsten Morgen, als ihr Handy klingelte, hatte Julika gerade von der Brooklyn Bridge geträumt. Es hatte nicht geschneit, stattdessen war sie bei strahlendem Sonnenschein kurz davor gewesen, den Boden von Manhattan zu betreten. Die ganze Zeit hatte jemand ihre Hand gehalten, allerdings war es Julika nicht einen Moment in den Sinn gekommen zu schauen, wer an ihrer Seite lief.

„Na endlich", schrie es aus dem Hörer. „Warum gehst du nicht ran?"

Es war so laut im Hintergrund, dass Julika ihn kaum verstand. Wäre nicht sein Name auf dem Display erschienen, hätte sie seine Stimme niemals zuordnen können.

„Ich hab geschlafen, Freddie", murmelte sie und setzte sich auf. Ein Blick zum Fenster verriet ihr, dass der sonnige Spaziergang wohl wirklich nur im Traum stattgefunden hatte, sie befand sich immer noch im zugeschneiten Brooklyn.

„Dann wach auf", die Stimme ihres Bruders überschlug sich beinah. „Ich bin in New York!"

Träumte sie oder hatte sie sich verhört? Oder war ihr Bruder jetzt vollkommen übergeschnappt?

„Da bist du sprachlos, was? Komm zum Times Square, ich bin da ganz in der Nähe", schrie er.

Wie kam sie denn jetzt zum Times Square? Und warum war Frederik dort? War es der Schlafmangel, der sie nicht

42

mehr klar denken ließ? Oder war es doch ihr gestriger Zusammenbruch, der ihre Gedanken unsortierte?

Eigentlich war sie nur einmal drüben in Manhattan gewesen, direkt am zweiten Tag, aber nicht am Times Square. Sie hatte sich die National Library ansehen wollen, die ausgerechnet an diesem Tag geschlossen war. Oder hatte sie die falsche Öffnungszeit erwischt? Julika erinnerte sich nicht mehr. Aber sie wusste, dass ihr Brooklyn besser gefiel als Manhattan. Es gab hier so wunderbare Ecken und Winkel und natürlich den sympathischen Obstverkäufer, nur eine Straße weiter.

„Bleib, wo du bist, ich bin gleich da", sagte Julika und schlug die Bettdecke beiseite.


„Du hast so furchtbar traurig ausgesehen, als wir neulich gesprochen haben", sagte Frederik und entließ sie aus der Umarmung.

So fühlte sich also Heimat in der Ferne an.

„Das ist doch nicht alles?" Wie froh sie war, Frederik zu sehen. Sie würde ihm nichts von ihrem Zusammenbruch erzählen, das war jetzt nicht mehr wichtig.

Frederik überging ihre Frage und strahlte sie an, nur um einen Augenblick später sein Handy in die Luft zu halten, sich hinter sie zu stellen und ein Selfie zu schießen.

„Hammer, echt", Frederik lachte, als er sich das Foto ansah. „Schau mal, du siehst aus wie ein Gespenst." Er hielt ihr das Telefon vor die Nase.

Julika hatte die Augen geschlossen und die penetrant leuchtende Werbung im Hintergrund erzählte etwas von der neuen Broadwayshow.

„Lösch das sofort!"

Das Handy verschwand in Frederiks Jackentasche.

„Auf gar keinen Fall. Das vergrößere ich und schenk es Mama und Papa zu Weihnachten. Mit goldenem Rahmen. Was meinst du, wie die sich freuen werden."

Julika verdrehte die Augen. Nicht nur, wegen ihres Bruders, der wie immer zu Übertreibungen neigte, sondern auch, weil sie die kommenden Festtage vergessen wollte, was hier am Times Square schlicht unmöglich war. Zwar waren ihr auch in Brooklyn die Vorbereitungen auf Weihnachten aufgefallen, doch die Beleuchtung von Manhattan übertraf alles. Die Stadt war eine Glitzerwelt geworden, deren permanentes Blinken ermahnend Maßlosigkeit schrie und keinerlei Besinnlichkeit ausdrückte.

„Lass uns erst mal einen Kaffee trinken gehen, was hältst du davon?", fragte Julika.

Sie hatten den letzten kleinen Tisch im Café ergattert. Julika hatte immer noch keinen Appetit, aber zumindest der Schwarztee schmeckte gut. Ihr Bruder biss herzhaft in den viel zu großen Bagel.

„Kennst du dieses Lied, indem es heißt, dass es niemals leicht ist, New York zu verlassen?", fragte Julika.

„Ja. Schon mal gehört", antwortete Frederik kauend. „Aber ich glaube, das Gegenteil ist der Fall. Es ist nicht leicht, sich einzugestehen, dass es die beste Idee ist, New York hinter sich zu lassen. Nur weil viele hier ihr Glück suchen, heißt das nicht automatisch, dass man es hier auch findet."

Hatte ihr Bruder jemals solche Schmerzen gefühlt, wie sie es derzeit tat? Wenn es hier, so weit entfernt, schon dermaßen weh tat, dann würde es sie in Erfurt zerreißen. Allein durch ihre vielen Freunde, die bald nur noch Bekannte von ihr sein würden. Die Höflichkeit der Stadt würde sie erneut willkommen heißen, als wäre sie eine Fremde, als hätte sie nie wirklich dazugehört.

„Ich muss aus Erfurt weg", sagte Julika und ließ den Kopf auf ihre Oberarme sinken. Früher, da hätte sie einen solchen Tisch, dessen Oberfläche leicht klebrig war, unzumutbar gefunden. Jetzt fand sie es beinahe in Ordnung. Es war doch alles egal.

„Quatsch", antwortete Frederik und schüttelte den Kopf. „Nur weil da ein Kerl wohnt, der eh nicht zu dir gepasst hat?" Ihr Bruder zerknüllte die Serviette, ohne sie benutzt zu haben, und warf sie auf den Teller, in dessen Mitte ein kleines rotes Herz das Porzellan verzierte.

„Weißt du, was ich glaube? Es geht gar nicht um Bastian, sondern darum, dass deine Krise längst überfällig war!"

Als ob er seine Feststellung doppelt absichern müsste, nickte Frederik zweimal bestätigend und versuchte gleichzeitig, ein seriöses Gesicht zu machen.

„Darum bist du hergekommen? Um mir das zu sagen?" Manchmal hatte ihr Bruder wirklich Humor. Sie richtete sich auf, ließ die Finger knacken und schob die Teetasse in die Mitte des Tisches. „Komm, lass uns gehen, ich brauche frische Luft."

Sie standen auf und Julika wickelte sich den langen, dunkelgrünen Schal dreimal um den Hals.

„Nein im Ernst, überleg doch mal!" Ihr Bruder schien immer überzeugter zu sein. „Bist du jemals irgendwo durchgefallen? Hast du jemals etwas nicht erreicht?"

„Nur weil du jede Prüfung an der Uni erst im dritten Anlauf schaffst?"

Vielleicht sollte sie nicht sauer auf ihn werden? Er war immerhin erst fünfundzwanzig. In diesem Alter hatte man noch den Glauben daran, dass sich alles irgendwie fügen würde. Doch sie, sie war bald vierzig und wieder alleine.

„Ich meine, nicht nur in der Schule oder in der Uni. Generell in deinem Leben."

Sie verließen das Bistro, die Türglocke bimmelte leise und Julika fühlte sich für einen Augenblick geborgen. Das Geräusch klang so gar nicht nach neuer, großer Welt, es war mehr wie das der Kuhglocken vor der Almhütte aus dem Sommerurlaub 94.

„Ich kann nichts dafür, dass sie mich immer mit dir vergleichen." Sie wusste, warum er das alles sagte. Sie war das leuchtende Beispiel gewesen, dass nun im Begriff war, unterzugehen.

„Entschuldige, das sollte kein Vorwurf sein." Frederik legte den Arm um sie, wie ein Verschwörender, wie eine Tarantel. Er erschien ihr bei jedem Treffen größer, hörte er niemals auf zu wachsen? Julikas Kopf lag genau auf der Höhe seiner Achsel. Oder wurde sie kleiner? War ihre Haltung schon jetzt die einer gebückten, alten Frau? Begann die Krümmung der Wirbelsäule nicht erst mit fünfzig?

„Das ist echt ungewöhnlich. Also, dass du scheinbar nie Probleme hast", fuhr Frederik fort.

Das war so typisch, er hatte schon immer jeder Geradlinigkeit ein Misstrauen entgegensetzen müssen. Warum durfte sie nicht ohne Probleme sein? Was war denn so verdächtig an ihrem bisherigen Leben gewesen?

„Jedenfalls", sein Arm drückte sie noch fester an sich, was im Samstagsbetrieb, mitten auf der Fifth Avenue, hilfreich war, um sich nicht zu verlieren. „Es ist keine Katastrophe, was dir passiert ist, sondern völlig normal."

Damit schien sein Vortrag beendet und Julika war es endlich möglich, ihm etwas entgegenzusetzen. Wie früher. Sie hatte beinahe jedes Streitduell für sich entschieden. Doch der Arm, der sie an sich drückte, der Heimat war und sie herausgerissen hatte, aus dem verdunkelten Zimmer, ließ sie milde werden. Vielleicht war es auch der Schlafmangel, Julika merkte nur, dass ihr Bruder da war und sie sich nicht streiten wollte.

„Und deshalb bist du hergekommen? Um mir das zu sagen?"

Die Ampel leuchtete rot, sie waren die einzigen Fußgänger, die stehen geblieben waren.

„Nein, du solltest mich besser kennen", Frederik lachte. „Ich wollte doch schon immer mal nach New York." Er schien nicht länger widerstehen zu können und ließ sich vom Strom der Menschenmasse mitreißen, sodass Julika zum ersten Mal bei Rot über eine befahrene Straße lief.

Als sie endlich den Bordstein erreicht hatten, blieb sie erneut stehen.

„Was soll ich denn jetzt machen?", fragte Julika, lauter als gewohnt und leiser, als es die Stadt eigentlich erlauben würde. Wieder fuhr eine Blaulichtsirene an ihnen vorbei, die anzeigte, dass auch andere Menschen Probleme hatten.

„Frederik, ich möchte über die Brooklyn Bridge laufen. Alleine."

„Ach ja? Okay. Aber jetzt?" Frederik nahm ihre Hand und drückte sie sanft. „Zeigst du mir erst mal, wo man hier den besten New York Cheesecake essen kann."

# Schweigen

Aaron hatte einmal zu mir gesagt, dass es nicht das Wichtigste sei, zur richtigen Zeit am richtigen Ort zu sein. Vielmehr käme es darauf an, zur richtigen Zeit das Richtige zu sagen.

Der Tag, an dem ich zu laut geschwiegen hatte, war beinahe noch gewöhnlicher gewesen als andere. Selbst das Wetter war mild, anstatt stechend heiß zu drücken. Der Juli zeigte sich von seiner schönsten Seite. Nichts Verräterisches hatte sich mit ihm verbündet und das ist das Gefährliche. Man wird leichtsinnig und gibt nicht mehr Acht.

Ich war nicht darauf vorbereitet gewesen, dass etwas Einschneidendes passieren würde. Nur einmal hätte ich eine Bitte aussprechen müssen, ich bin mir sicher, dann wäre Aaron geblieben. Stattdessen habe ich gar nichts gesagt, war verstummt wie ein Fisch.

Schon oft ist mir die Sprache in wichtigen Momenten abhandengekommen. Aber woher kann man wissen, dass man die Dinge mit den eigenen Worten nicht noch schlimmer macht?

Max hatte mich damals als feige betitelt. Wir saßen am Küchentisch und ich hatte ihm die Tasse Pfefferminztee hingeschoben, darauf wartend, dass er wieder einmal zu eilig trinken würde. Das war immer wieder komisch anzusehen. Max' Fluchen folgte wie erwartet, die Blase an seiner Lippe wenig später. Somit hatte Aarons Verschwinden wenigstens ein anständiges Brandmal erhalten. Max sagte damals, dass Aaron meine große Chance gewesen wäre. Ja, ich hätte einmal etwas richtig machen können.

Heute ist wieder so ein Tag im Juli, beinahe zu gewöhnlich. Ich sitze auf dem Küchenstuhl, der schon seit Ewigkeiten wackelt und den Max noch nicht repariert hat.

Ich hasse den Juli, ich werde ihn immer hassen.

„Ich geh zum Klettern", sagt Max und reißt mich aus meinen Gedanken.

„Viel Spaß", antworte ich. Automatismen fallen mir mittlerweile leichter.

„Danke, Fisch." Max kratzt die Wunde auf, versucht sie aber gleich wieder zu versorgen, indem er hinter mich tritt, seine Hände auf meine Schultern legt und fest meinen Hinterkopf küsst.

Dann geht er quer durch den Raum, lässt seine Finger über das Käfiggitter fahren, sodass es scheppert, und verschwindet schließlich aus meinem Sichtfeld. Die Tür fällt ins Schloss und Max ist weg.

Ich schaue zur Tierbehausung. Streu und Stroh werde ich nachher auswechseln müssen; wäre eigentlich schon vor Tagen nötig gewesen. Es ist Juli, Aaron ist zwei Jahre her und Sir William lebt immer noch. Dabei beträgt die Lebensdauer eines Hamsters meistens nicht einmal zwei Sommer.

Sir William mochte Aaron. Der Hamster ist immer voller Freude über dessen sich wendende Hände geklettert. Schließlich, bei Ermüden, hatte Sir William in Aarons Hand eine Kuhle zum Ausruhen gefunden. In diesen Momenten fühlte sich mein Hamster geborgen und ich blickte ganz schnell weg.

Langsam kommt mir der Verdacht, dass mein Körper sich

nicht mehr austricksen lässt. Es zieht immer noch im Brustkorb, der Bauch ist nach wie vor angespannt. Immer wieder ertappe ich mich dabei, die Luft anzuhalten, wenn Max' Hand meine Wirbelsäule abwärts fährt, wenn sein Aftershave, das ich mittlerweile mögen gelernt habe, sich in meine Nase frisst.

Natürlich ist es meine Schuld, dass Aaron zurück nach Belgien gegangen ist. Ich hätte wahrscheinlich nur einmal meinen Mund aufmachen müssen: Bitte bleib bei mir.

Fehler kann man begehen. Sie sind korrigierbar. Wenn man Glück hat, lernt man sogar aus ihnen. Ich hingegen habe keinen Fehler gemacht, sondern versagt; es ist meine Schuld und diese wiegt schwer.

Mittlerweile ahne ich, warum ich mich damals nicht zu Aaron bekennen konnte. Aber auch dieser Gedanke soll sich auflösen, weiterfliegen, dorthin gehen, wo ich ihn nicht mehr hören kann.

Das Erste, wodurch mir Aaron tatsächlich auffiel, war seine herzliche Art, auf Menschen zuzugehen. Eine Freundlichkeit, hinter der nichts weiter liegt außer die Freundlichkeit an sich, das ist Aaron.

All die Frauen, ach nein, nicht nur sie, auch die Männer, siehst du sie? Die, die für eine Blitzsekunde nicht ins Schaufenster schauen, sondern den Blick lediglich zur Glasscheibe wenden, um sich selber zu betrachten. Was ist los, was ist passiert? Warum sind wir alle so besessen von uns selbst? So ist Aaron nie gewesen.

Ich weiß, dass er sich oft fremd gefühlt hat. Nicht nur in der Stadt, auch in meiner Gegenwart. Weil ich seine Fragen nicht entkräftete, stattdessen bestärkte ich seine Vermutungen, dass niemand wirklich seinen Gedankengängen folgen kann. Da ist doch klar, dass er sich alleine gefühlt haben muss.

Unsere Annäherung war zaghaft gewesen, wie Kinder, die nicht wissen was sie tun, schlichen wir wochenlang umeinander herum. Ich zierte mich, in Wahrheit hatte ich nur Angst. Dass mich jeder nach Aarons Alter fragte, machte es nicht besser. Natürlich ahnte niemand, wie gut ich mich tatsächlich mit meinem neuen Mitbewohner verstand, der sechs Jahre jünger war als ich.

Max und ich hatten uns aus verschiedenen Gründen für Aarons Einzug entschieden. Mein Mitbewohner stimmte mit Sicherheit für Aaron, weil er in ihm keinen Konkurrenten sah. Zwar war Aaron damals bereits Anfang zwanzig, wirkte aber durch seine geringe Körpergröße, das Untergewicht und sein blasses Gesicht wesentlich jünger. Immer musste Aaron seinen Ausweis vorzeigen, oftmals wurde er bei ersten Begegnungen nicht für voll genommen.

Ich stimmte Max in seiner Wahl für Aaron als Mitbewohner zu, weil ich keine weitere Frau in der WG haben wollte und auch keine Lust hatte, mich erneut unglücklich in einen Zimmernachbarn zu verlieben. Gedanklich war ich immer noch mit Oliver beschäftigt, deshalb kam mir Aaron zu diesem Zeitpunkt gerade recht. Jemand, der so wenig Gefahr ausstrahlte, gab mir ein wohliges Gefühl der Sicherheit.

Bekennen ist etwas, das heute sehr leicht geht. Scheinbar ist jeder bereit, für seinen Glauben oder seine Träume die Lanze zu brechen. Das wäre ein Ausdruck, der Aaron gefallen würde. Lanze brechen, Mittelalter, Ritterkampf und wiehernde Pferde. Eigentlich waren es immer die Piraten, die es ihm angetan hatten. Aber nicht auf kindliche Art und Weise. Aaron konnte erzählen, fundiert und lebendig.

Durch ihn lernte ich fremde Welten kennen, wenn wir nächtelang nebeneinanderlagen und er mir Geschichten erzählte, sich dabei neue Horizonte öffneten und Bilder in die Luft zeichneten. Ich vermisse seinen Blick auf die Welt.

Scheinbare Banalitäten wurden mit Aaron spannend. Und es war noch etwas anderes. Liebenswert, das war Aaron. Er besaß diese Eigenschaft, die lediglich hervorschimmert und ein wenig Naivität mit sich bringt. Bei ihm war es jedoch nicht so, also nicht naiv. Es hat ihn positiv ausgezeichnet, es hat ihn besonders gemacht.

Die erste Zeit nach Aarons Auszug war Max berechtigterweise wütend auf mich gewesen. Dabei litt ich viel mehr als er, auch wenn ich es niemals zugegeben hätte. Max war genervt und ich schnitt Bilder aus Zeitschriften aus, wollte endlich mein Zukunftsplakat fertig basteln. Nimm dir deine Träume und klebe sie auf Pappe, das war meine Aufgabe und ich erledigte sie mehr als gewissenhaft. Tonpapier wellt sich nicht so leicht, Zeitungsschnipsel hingegen schon. Deshalb passierte es mir mehrfach, dass ich ausgeschnittene Wünsche gleich wieder in den Mülleimer warf, um mich dann auf die Suche nach neuen passenden Bildern zu begeben.

Mit Aaron verschwand auch die Zuversicht aus meinem Leben. Dabei war ich kurz davor gewesen, mir einmal nicht mehr selbst zu misstrauen, fast schon hatte ich es geschafft, Aarons vorsichtig suchende Hand zuzulassen.

Die Tür schlägt zu, ich drehe mich Richtung Flur. Max steht erneut in der Wohnung. Es ist nicht wirklich heiß draußen, trotzdem zeichnen sich große Schweißflecken auf seinem

T-Shirt ab. Er schwitzt schnell, kann aber nichts dafür. Das ist hormonell oder so ähnlich, hat er mal gesagt und ich habe genickt. So rasch verziehe ich nicht mehr den Mund, so schnell werfe ich nicht mehr alles hin. Max verlangt bis heute kein Zugeständnis von mir, das lässt mich leichter atmen und ihn irgendwie ertragen.

„Ich habe meine Kletterschuhe vergessen", sagt er und hebt demonstrativ den Sportbeutel in die Höhe. Er steht verloren im abgedunkelten Flur und ich kann mir vorstellen, wie schuldbewusst er als Kind ausgesehen haben muss, wenn er mal wieder etwas angestellt hatte.

„Du sitzt ja immer noch da." Max kommt näher. Manchmal versteht er nicht, wie ich so ruhig sein kann. Dann bewege ich mich leiser als ein Geist, könnte selbst die Motten erschrecken, sagt er. Ich zucke mit den Schultern, weiß nicht, wie viel Zeit vergangen ist, könnte ihm höchstens erzählen, wie lange sich zwei Jahre anfühlen.

Das Mittagslicht der Küche wirft komische Muster auf sein Gesicht. Beinahe sehen seine Augenringe wie ausgehöhlt aus.

„Fährst du später noch zur Bibliothek?", fragt Max. Er steht einsam im Raum und hat es dabei eilig, seine Knie wackeln und sein Adamsapfel flattert unruhig. Der Fahrradhelm ist leicht verrutscht und presst einzelne Haarsträhnen gegen seine Stirn. Wenn Max Fahrrad fährt, ist der Asphalt hinterher härter. Seine Bewegungen drücken nach vorne, Max verlagert sein Gewicht stets so, dass es schmerzhaft auf alle Beteiligten wirkt. Wäre er eine Frau, man würde ihm Unterricht in Balance verordnen. Dann müsste er an der Stange stehen und sich im Spiegel mit seiner schlechten Haltung auseinandersetzen. Da Max jedoch ein Mann ist, kann man seinen Körper als grobmotorische Eigenart durchgehen lassen.

„Ja, ich muss aber erst um 16 Uhr los, treff mich mit Tamara." Ich greife nach der Flasche Wasser, damit Max sieht, dass ich mich bewege. Ich lebe, ich tue etwas, du kannst gehen, wir sehen uns später.

„Alles klar, viel Erfolg beim Lernen."

„Danke."

Wieder fällt die Tür ins Schloss, dieses Mal noch lauter, sie hat Unterstützung vom Wind bekommen.

Ich zucke zusammen. Nur einmal hat Aaron die Tür auf diese Art geschlossen, die Enttäuschung stand nicht auf seinem Gesicht, sie hatte stattdessen seinen kompletten Schatten niedergeprügelt.

„Scheiß Juli", zische ich. Wirklich, ich hasse diesen Monat.

Schwerfällig erhebe ich mich vom Stuhl, es ist so furchtbar still. Nützt ja nichts, irgendwann muss ich sowieso aufstehen.

Ich gehe zum Käfig und schaue hinein. Alles tot, dabei schläft Sir William nur.

# Protokoll einer Nacht

Ich vergesse oft den Neid und dass es etwas Menschliches ist.

## Agda

Ich habe mich dir verschrieben, so wie sich andere Menschen gegenüber der bildenden Kunst oder der Musik verpflichten. Wir sind immer in der Hoffnung, dass unsere Treue etwas Größerem dient. Viele scheinbar unerreichbare Ziele wurden wahr, weil am Anfang lediglich der Glaube und ein starker Wille standen. Es hundert Mal versuchen und irgendwann gewinnen. Das ist mein erster großer Plan und vielleicht mein letzter.

Wir fuhren von der einen Ecke der Stadt in die andere, erst mit der U-Bahn und anschließend nahmen wir den Bus. Als es plötzlich eine Vollbremsung gab, fiel ich gegen dich. Wir hatten keinen Sitzplatz mehr bekommen. Mit der linken Hand hieltst du dich weiterhin an der Deckenschlaufe, die Rechte legtest du blitzschnell um meine Hüfte.
Ich war in Sicherheit und du lächeltest.
Es war kurz nach 19 Uhr und ich wünschte mir, dass die Kunsträume nicht so weit entfernt wären. Dann hätten wir ein Stück zu Fuß laufen können und du hättest mir erzählt, was deine Pläne waren, nach dem Studium und für dein Leben, welches mir fremd war, weil du immer nur zitiertest. Oftmals waren es Philosophen, die du nanntest, und

ich kam mir dumm vor, weil ich nicht nur nicht verstand, was du mir erzähltest, sondern auch, weil ich keine Ahnung hatte, wer diese alten Männer waren. In einem unbeobachteten Moment schlug ich nach, von wem du mir berichtetest, versuchte, das Fremde in einen geschichtlichen Kontext einzuordnen und mir herzuleiten, was eventuell gemeint war.

Es geht immer darum, das Gesamtwerk zu verstehen. Einzelheiten werden niemals bewertet, das große Ganze schreibt letztlich die Geschichte.

Die Kunsthochschule hat viele Räume, in denen sich die Studenten zurückziehen können, um frei zu arbeiten. Mir war bewusst, dass es hier Platz für Kreativität gibt, aber nicht, in welchem Ausmaß. An gefühlt dreißig Türen bin ich mit dir vorbeigelaufen, zum Teil vernahm ich Stimmen aus den Zimmern. Künstlerische Entfaltung um mich herum, die mich beinah ängstigte.

Wärst du nicht hier, ich würde umkehren und vor so viel Abstraktem fliehen.

Wir traten schließlich dort ein, wo zwar ein Türschild hing, jedoch ohne Beschriftung. Ein Raum, der in dieser Nacht nur uns gehören sollte.

„Mach es dir bequem", sagst du und stellst deine Tasche auf dem Boden ab. Den großen Block und deine Palette mit Stiften hältst du die ganze Zeit in der Hand.

So wie du sehen Künstler aus, so leben und arbeiten sie.

Ich hätte nicht vermutet, dass mir jemals so warm werden würde, wenn ich mich ausziehe. Eigentlich friere ich sonst immer. Aber in dieser Atmosphäre und vor dir, da ist es doch nochmal etwas anderes, als im Dunklen. Ich bin angestrahlt, ausgeleuchtet, jede Falte wird sichtbar, jede

Unebenheit auf meiner Haut ist zu erkennen. Es gibt keine Reinheit und schon gar kein Verstecken. So stehe ich da und schlage meine Arme befangen um meinen Körper.

„Ich brauch noch einen Moment", sagst du und ich beschließe, dass ich solange die Unterwäsche anbehalten kann. Ich habe sie mir extra neu gekauft, jetzt finde ich es unangebracht. Man erkennt sofort, dass ich hellblauen Satin normalerweise nicht trage, denn ich zupfe ständig am Stoff. Andauernd muss ich kontrollieren, ob es da nicht irgendwelche peinlichen Flecken auf dem feinen Material gibt. Vielleicht wäre ich besser zu Hause geblieben. Dort, wo ich hingehöre, wo man nicht mein Herz laut schlagen hört.

Du schiebst einen Tisch, der an der Seite steht, in die Mitte des Raumes, bis es nur noch zwei Meter Abstand zu mir sind. Als du den Zeichenblock aufschlägst, sehe ich Umrisse, ich erkenne die Silhouette einer Anderen und beiße mir auf die Zunge. Du legst den Block auf den Tisch und blätterst so lange, bis schließlich ein weißes Blatt Papier vor dir erscheint.

„Ich hoffe, es wird dir nicht zu anstrengend", sagst du und schaust auf.

Ich schüttele den Kopf.

Wenn es sein muss, dann werde ich hier die ganze Nacht stehen und mich nicht rühren, geschweige denn mich beschweren. Einmal, nur einmal will ich etwas durchziehen. Nicht diejenige sein, die aufgibt.

„Keine Sorge, meistens brauch ich nicht länger als drei Stunden", sagst du.

Ich nicke, während es in meinem Ohr anfängt zu pfeifen.

„Bist du bereit?"

Niemals, denke ich, niemals und nicke erneut.

Als du auf mich zukommst, um mich richtig zu positionie-ren, wird mir kurz schwindelig. Letztlich greifst du mir an die Schultern, um meinen Körper aufrecht und seitlich zu strecken, da spüre ich den Impuls, loszulaufen. Das ist zu viel, ich sollte weg. Aber ein letztes Mal beschließe ich, es auszuhalten. Für die Kunst und immer für dich.

„Wenn ich einen Menschen so vor mir hab, dann ist das einfach ehrlich", sagst du zu mir. Deine Augen springen von mir zurück auf dein Blatt und umgekehrt.

Ich nicke erneut. Meine Stimme wird mich nicht verraten. Mein Körper und ich sollen nur einmal Verbündete sein. Das reicht völlig aus und heute ist dieser Moment, in dem wir eine Einheit bilden.

„Worüber machst du dir Gedanken?", fragst du. Dein Blick bleibt konzentriert, immer wieder schaust du zu mir. Deine Hand zieht schnelle Striche, groß und grob.

Bin das ich?

Ich höre das Aufsetzen des Stiftes, ich fühle die Linien, die sich fest in das Papier drücken. Ob du zufrieden bist oder nicht, ist nicht auszumachen.

„Ich frage mich, warum es heutzutage so schwer ist, sich für etwas zu entscheiden", sage ich schließlich.

Wenn mir jemand eine Frage stellt, weiche ich für gewöhn-lich aus. Im nächsten Moment weiß ich wieder, wieso das so ist. Ich mag die weiteren Fragen nicht, die, die folgen und noch tiefer bohren. Das geht euch alle nichts an.

„Für etwas oder für jemanden?", lautet deine Nachfrage.

Wir spielen Schiffe versenken und du hast getroffen. Es gibt ein Leck, der Kahn geht unter. Wo sind die Rettungs-westen? Ich kann doch nicht schwimmen.

„Beides", sage ich leise. Mein Misstrauen ist gewachsen über die Jahre und reicht mittlerweile von hier bis in die

Alpen und zurück. Aber deinen Fragen werde ich niemals ausweichen können.

„Verstehe", sagst du und ziehst einen langen Strich quer übers Papier.

Wenn man erst mal ausgezogen ist, dann kann man nicht mehr fliehen.

Du schaust auf meinen Bauch und ich halte die Luft an.

Ich hätte heute nichts essen dürfen, ich weiß es, meine Fehler sind zu schwerwiegend, als dass das hier gut ausgehen kann. Selbstverständlich fällt meine Anspannung auf, mit Sicherheit ist es für dich noch anstrengender als für mich. Hoffentlich werde ich nicht ohnmächtig.

„Atme", ist deine Anweisung. „Sonst habe ich nichts Natürliches mehr vor mir."

Wir wechseln das Thema und kommen plötzlich in unserer Vergangenheit an. Wir sagen eine Weile lang nichts und ich zwinge mich schließlich dazu, weiter zu atmen.

„Ich bin froh, kein Jugendlicher mehr zu sein. Damals war jeder Misserfolg ein Weltuntergang", murmelst du irgendwann in die Stille hinein. „Was für eine trübe Zeit das doch war."

„Ja das stimmt", antworte ich. Im Grunde genommen weiß ich nichts. Die letzten Jahre sind vergangen und meine Jugend war eine weggepackte Erinnerung. Die Zeit, in der mein Körper plötzlich Ausbuchtungen annahm, die sich später als anziehende Rundungen herausstellen sollten, ist verblasst. Eine Episode, die vielleicht fünf Jahre umfasste, die aber gefühlt länger dauerte, als ein gelebtes Leben, einfach, weil in ihr nichts passierte.

Der Kakao am Nachmittag nach der Schule war der Lichtblick des Tages gewesen. Es war die eine ruhige Zeit, in der ich mit meinem Bruder Wilmer beisammen saß und wir uns gegenseitig unsere Verwunderung über die Welt bestätigten. Er hatte durch Susa Köppenberger eine unerfüllte, mehrjährige Liebe durchlitten, während ich die Fische in unserem Aquarium zählte und darüber mutmaßte, ob das die Anzahl der Chancen waren, die man im Leben erhielt.

Ab und an sind Wilmer und ich aufgestanden, weg vom Esstisch und dem kindlichen Milchgetränk. Wir sind raus gegangen und hinunter zum Strand. Dort standen wir nebeneinander und haben uns Mut gemacht. Wenn das Meer so weit sein konnte, dann war es für uns unwahrscheinlich, dass unsere Existenz so klein bedeutend blieb, denn solche riesigen Kontraste, ja, die hatten unserer Ansicht nach etwas Unwirkliches an sich. Das haben Wilmer und ich uns damals gegenseitig gesagt.

„Weißt du Agda, eigentlich habe ich immer nur betrogen. Und hinter mein geschöntes Leben habe ich meine kleinen Empfindlichkeiten gestellt", reißt du mich aus meiner Erinnerung. Ich bin wieder bei dir in der Hochschule, nicht mehr am Meer und schon lange nicht mehr neben Wilmer.

Ich möchte keine Lebensbeichte hören, ich will dich nicht vom Sockel herunterheben, und du, tu mir bitte den Gefallen und spring dort nicht freiwillig herunter.

„Irgendwie hab ich mich durchgeschummelt. Das fing schon damit an, dass ich eigentlich bereits in der fünften Klasse hätte sitzen bleiben müssen."

Es hat einen Augenblick gegeben, da habe ich gelernt, mich entscheiden zu müssen. Entweder man sagt etwas und riskiert damit einen Wandel oder man nickt, ist einverstanden, auch wenn man mehr erfahren möchte. Meine

Zustimmung brauchst du aber scheinbar nicht, denn du fährst von selbst mit deiner Rede fort.

„Und dann die Zeugnisse, die Gnade der Lehrer, vielleicht auch die pure Machtlosigkeit, mir mein Versagen nicht richtig nachweisen zu können. Das ist ekelhaft, wenn ich jetzt drüber nachdenke. Und trotzdem gut, dass auch heute noch gilt: In dubio pro reo."

„Hm", sage ich und wiederhole gedanklich: In dubio pro Reh. Wenn ich Glück habe, werde ich mir die Worte behalten, bis ich wieder zu Hause bin.

„Heute um Mitternacht gibt's ein Feuerwerk am See."

Ich weiß nicht, ob das eine Einladung ist, dennoch nicke ich.

Man sollte die Feste feiern, wie sie kommen. Wie sehr ich Sprichwörter hasse. Wie vereinfachend sie sind. Im Grunde verspotten sie uns alle. Denn sie wissen es stets besser und denken, sie hätten etwas Verallgemeinerndes an sich, dass immer gilt.

„Ja gerne, das können wir uns anschauen gehen", sage ich. Eigentlich ist mir das Feuerwerk egal, ich möchte ans Wasser, und wenn es nur ein Sumpfloch ist.

Ich bin am Meer groß geworden, es fehlt mir jeden Tag. Das trockene Land kann niemals mein Zuhause werden. Bis ich zurückkehre, nehme ich mit, was ich bekommen kann. Das Wasser hilft mir immer und sei es nur ein See. Es ist die Option, die bleibt, wenn nichts mehr geht.

Mittlerweile ist es draußen dunkel geworden.

„Darf ich es sehen?", frage ich und zeige mit einer leicht gleichgültigen Handbewegung auf deine Mappe, als du gerade dabei bist, sie mit einem Gummiband zu verschließen.

„Schau an dir herunter", antwortest du, immer noch konzentriert, so, als wärst du weiterhin mit Stift, Papier und Schattierungen beschäftigt.

Wir fahren wieder durch die ganze Stadt, nur, dass es sich dieses Mal anders anfühlt, denn ich bin unsterblich geworden, verewigt, auf einem deiner Bilder.

Du hast die Mappe und die Stifte in einem Schrank in der Hochschule eingeschlossen, zu mir geblickt und gelächelt. Deine Augen haben mir verraten, dass du zufrieden warst. Und das wiederum ließ mich aufatmen. Ich habe nicht versagt und dich nicht enttäuscht, ich war weiterhin im Spiel und die Nacht noch immer dunkelblau.

„Du bist echt, Agda", sagst du und schaust dabei furchtbar ernst. „Das gibt es nicht so oft. Bewahr dir das."

Nickend bin ich stolz. So stolz.


„Da drüben sind sie", sagst du und hebst deine Hand zum Gruß. Ich bin überrascht, als du mich anschließend am Arm packst und zu der Gruppe Menschen ziehst, die mit Bierflaschen bewaffnet einen Halbkreis bilden und uns empfangen.

Es sind drei Männer und eine Frau. Sie ist hübsch, dünn und groß, auffällig, im Gegensatz zu den anderen. Ihre Haare sind feuerrot, sie betont ihre Taille durch einen breiten, silbernen Gürtel. Darunter trägt sie ein blaues Kleid, knielang, mit einem Ausschnitt, der spitz und zerfranst ist. Du küsst sie auf die Wange, die anderen umarmst du freundschaftlich. Nicht jeder erwidert deine Geste.

Ich stehe hinter dir und warte ab.

Manchmal vergesse ich, dass die anderen mich auch sehen können. Dann verharre ich versteinert in meiner Beobachterposition, bis mich jemand daran erinnert, dass ich noch anwesend bin.

„Das ist Agda", sagst du.

Innerlich schüttle ich mich kurz, reiße mich zusammen im Hier und Jetzt. Dann trete ich einen Schritt nach vorne und gebe jedem die Hand. Sie sind alle so kalt.

„Agda klingt wunderbar", sagt Miriam. Ihr Name ist der Einzige, den ich mir merken konnte. Miriam hat keine Pickel und auch keine Narben. Sie sieht aus wie eine Wikingerfrau.

„Meine Mutter mochte Schweden", antworte ich. Dass Agda eine Mörderin aus einem schwedischen Schundroman ist, den meine Mutter während der Schwangerschaft gelesen hatte, erwähne ich nicht.

Man muss nicht alles erzählen, man kann die lächerlichen Details auch ab und zu auslassen.

Was sich unsere Eltern bei unseren Namen gedacht hatten, frage ich mich heute noch in Momenten der Langweile oder der Wut. Besonders Wilmer hatte es schwer in unserer Kindheit. Die frechen, dummen Kindermünder lachten in den Pausen laut und riefen ihm nach, er solle Fred Feuerstein doch endlich etwas zu Essen kochen. Sie hatten alle keine Ahnung. Der Name meines Bruders bedeutet Entschlossenheit. Das Einzige, wozu sich Wilmer noch vor seinem zehnten Geburtstag durchringen konnte, war, sich nicht mehr wehren zu wollen.

Und auch mit meinem Namen lagen unsere Eltern falsch. Ich bin nicht die Gute, ich sehe nur das Ungeheuerliche in der Welt. Auch bei anderen fällt es mir schwer, das Gute zu sehen.

Du bist da die gelobte Ausnahme, das heilige Versprechen, doch noch Glück zu leben.

„Alles hat seine Berechtigung", sagt jemand. Die Worte dringen zu mir durch, ich bin wieder da, registriere, dass ich zwischen dir und Miriam stehe und leicht nach links schwanke, um immer wieder zufällig gegen deinen Oberarm zu kippen.

„So haben die Leute früher nach dem Krieg geredet", sagst du.

Ich habe nicht aufgepasst, ich weiß nicht, worum es geht. Ich verfluche mich, schaue von einem zum anderen. Worüber sprecht ihr und was hat das mit Krieg zu tun? Muss ich mich fürchten? Ich dachte, wir wären in Sicherheit?

„Was meinst du damit?", fragt Miriam. Sie ist wacher als ich, nicht nur ihre Augen, sondern ihr ganzer Körper. Eine Waffe zum Abschuss bereit. Und sie hat nicht mit dir geschlafen, jedenfalls bisher nicht, sonst würde sie dich nicht mehr so provokant anschauen.

Eure Augen sprechen eine Geheimsprache. Ich verstehe nicht viel, doch das habe ich mittlerweile begriffen. Ihr seid euch vertraut. In den letzten zwei Stunden, da habt ihr immer wieder stumm miteinander gesprochen. Miriams Wimpernschlag bedeutet Sehnsucht, deine leichte Schieflage des Kopfes spricht für eine nicht abgeschlossene Abwägung. Und ich, ich stehe immer noch hier. Meine Füße verwachsen mit dem Boden. Schlingpflanzen haben mich von unten gepackt und halten mich fest, sonst wäre ich längst verschwunden.

„Lass ihn", sagt der Kleine mit den hochgestylten Haaren. Die Spitzen, die von seinem Kopf abstehen, sehen aus wie dicke Stacheln.

Trägt man so etwas heute noch? Ein Kopf ohne Stil, eine jugendliche Frisur, an der ein Gesicht mit leichten Faltenrissen hängt.

Der Igel legt den Arm um dich, doch du schüttelst ihn ab.

„Lass das Paul", sagst du, nicht laut und dennoch energisch.

Paul, aha, denke ich. Das werde ich mir nun versuchen zu merken. Warum geht Miriam nicht zu Paul und lässt dich in Ruhe? Am besten sollte sie einfach nach Hause gehen.

„Du weißt genau, was ich meine", antwortest du schließlich Miriam. Damit scheint die Diskussion beendet zu sein und ich habe die Gruppendynamik immer noch nicht verstanden.

Irgendwann ist das Feuerwerk vorbei und die Jungs sind mit dir in der Menschenmasse verschwunden. Wahrscheinlich habt ihr Durst. Ich bleibe neben Miriam zurück, die in den dunklen Himmel schaut. Die Lichter waren wenig imposant gewesen, die ganze Knallerei hatte keine zehn Minuten gedauert. Trotzdem bin ich froh, mitgekommen zu sein, obwohl wir im feuchten Gras sitzen und meine Hose mittlerweile mit Sicherheit einige Flecken hat. Ich bin leicht angespannt und mache mir Sorgen, dass du nicht wiederkommst. Gleichzeitig ist es schön, hier draußen in der Nacht zu sein. Fast wie am Meer. Aber das alles wird überschattet. Ich habe noch keinen Grund, mich mies zu fühlen, dennoch schleicht sich langsam ein Gefühl an, das voller Kälte ist.

„Woher kennt ihr euch?", fragt mich Miriam und ich werde sauer, denn die Frage hätte ich ihr gerne zuerst gestellt.

„Ein Freund", sage ich. „Ein Freund hat uns bekannt gemacht."

So war es doch, oder? Mein Gedächtnis spielt mir immer wieder Streiche.

Du hast eine blühende Fantasie, wurde mir früher mehrfach gesagt. Beim Ausdenken von Geschichten war das hilfreich, bei der Konzentration auf die Mathematikaufgaben hat es mir nur Ärger gebracht. Ich kann Fakten oftmals nicht von meiner Vorstellung trennen. Alles verschwimmt ineinander, ich drehe mich so gern im Kreis.

Wie habe ich dich kennengelernt? Du hast mich nicht angesprochen und ich dich auch nicht. Nein, ein anderer stand zwischen uns, mit der Meinung, wir würden uns sicherlich gut verstehen. So war es doch, oder?

„Malt Josh dich gerade?" Miriams Stimme ist neutral, es kann ihr nicht wirklich egal sein?

Ich nicke, mehr braucht es nicht als Antwort. Sie ist es bestimmt, die andere Frau in deinem Block, die du so schnell verdecken wolltest. Als ob ich das nicht merken würde, als wäre ich ein dummes Kind.

„Cool", sagt Miriam und grinst. „Ein Akt von Agda."

Ich finde es nicht komisch, trotzdem bemühe ich mich um ein schiefes Lächeln.

„Im Malen hat er seine Identität gefunden. Sonst wäre Josh wahrscheinlich tot." Miriams Mund ist wieder ernst und ich frage mich, was sie da erzählt? Sie ist mir nicht geheuer. Früher wäre sie vermutlich als Hexe verbrannt worden.

„Woher kennst du ihn denn so gut?" Ich will nicht neugierig sein, kann aber nicht anders. Sie ist betrunken, wird sich eh nicht an meine Fragen erinnern. Oder doch? Wird sie dir berichten, wie ich versuche, die Puzzleteile aneinanderzusetzen, um endlich ein klares Bild zu bekommen?

„Er hat es dir nicht erzählt, oder?", fragt Miriam. Sie ist nicht wirklich betrunken und ich auch nicht.

„Was meinst du?" Meine Neugierde siegt.

Im nächsten Leben, da bin ich so geheimnisvoll wie Miriam. Da bin ich die Erste, mit der du deine Sünden teilst. Da bin ich nicht zu spät, da bin ich rechtzeitig da.

„Wo bleibt ihr denn?" Paul ist aus dem Nichts neben uns aufgetaucht. Hinter ihm stehst du, ebenso das Brüderpaar der Gruppe, das sich so gar nicht ähnlich sieht.

Timing. Timing besitze ich übrigens nicht.

Das Wasser ist ruhig und das Boot gleitet über die Oberfläche, als würde es schweben. Du ruderst, routiniert und scheinbar ohne Mühe. Miriam und ich sitzen dir gegenüber und nebeneinander. Hinten im Boot hocken die Brüder, sie heißen Sven und Micha, so viel hab ich inzwischen erfahren. Ich habe nicht gefragt, wem der Kahn gehört.

Ich bin euch gefolgt, als ihr verschwörend hintereinander im Gebüsch verschwunden seid, um schließlich nach einiger Anstrengung und Heckenkratzern auf den Armen die Lichtung und den See zu erreichen.

„Ein Ausflug wie früher", hat Miriam geflüstert, aufgeregt und kindlich. Sie hat kurz deine Hand genommen und zugedrückt, das habe ich genau gesehen. Wieder habt ihr still gesprochen und ich habe keine weiteren Fragen gestellt.

„Wir schlafen auf der Insel", war deine kurze Erklärung gewesen und ich habe mein Einverständnis nickend mitgeteilt. Als ich ins Boot stieg, hast du mir die Hand entgegengestreckt. Beinahe wäre ich vorwärts gefallen. Ich habe mich zusammengerissen und deine Hand genommen.

„Aber sag mal Joshua", richtet sich Sven, der Ältere von beiden Brüdern, an dich. „Warum sollen wir eigentlich immer bei deinen blöden Plänen mitmachen? Hat uns bis jetzt ja auch nur Ärger gebracht."

Die Stimmung kippt und ich weiß nicht wieso. Du bist doch

mit ihnen befreundet oder nicht? Wenn nicht, warum wolltest du dann den Abend mit ihnen verbringen, anstatt mit mir allein zu sein?

„Er hat getrunken, Josh", sagt Miriam. „Nimm ihn nicht ernst."

Sven steht auf, schaut zu uns und blickt meine Sitznachbarin böse an.

„Halt du dich da raus, Miri."

„Nenn sie nicht Miri", sagst du mit einem Gesicht, das zu Eis gefroren ist.

„Ach nein?", schreit Sven. „Warum nicht Joshua? Weil das dein Vorrecht ist oder wie?"

Wären wir im Theater und Figuren in der griechischen Mythologie, dann hätte jetzt jeder sein Rollenprofil längst zugeteilt bekommen. Wärst du nicht damit beschäftigt, dich zu verteidigen, ich würde dich nach meiner Rolle fragen, denn ich habe wieder einmal das Gefühl, mich nicht rechtzeitig gemeldet zu haben. Alle haben ihren Text erhalten, vielleicht sollte ich nach den Requisiten schauen? Oder nach der Beleuchtung?

„Lupus in fabula", sagst du.

Sven stürzt sich auf dich, dir entgleiten die Ruder und du fällst nach vorne ins Boot, direkt vor unsere Füße.

„Und hör mit dieser blöden Lateinscheiße auf. Ich kann das echt nicht mehr ertragen" brüllt Sven, während seine Fäuste auf deinen Rücken einschlagen.

Miriam springt auf und versucht, Sven von dir herunterzustoßen. Vergeblich, denn Sven wiegt mindestens das Doppelte von ihr.

„Seid ihr verrückt geworden", schreit Miriam. Ich sehe nur noch das rote Haar im Dunkeln leuchten. Vor mir ein Berg voller Körper, die alle aufeinanderliegen oder aneinander herumziehen. Das Boot schwankt, wir werden kentern, mit Sicherheit.

Sven liegt mittlerweile auf deinem Rücken und keucht, während du dich auf den Unterarmen abstützt. Micha schaut ratlos auf den Menschenhaufen und ich kippe seitlich ins Wasser.

Jetzt ist der richtige Zeitpunkt gekommen, um Schwimmen zu lernen.

### Miriam

Schon in dem Moment, als Agda ins Wartezimmer eintrat, erkannte Miriam sie wieder. Agda sah sich nicht weiter um. Damit verpasste sie die Chance, Miriam zwischen der hochschwangeren Minderjährigen und der Frau mit den roten Haaren, genau so, wie Miriam sie selbst eine Zeit lang getragen hatte, zu entdecken.

Agda setzte sich auf den freien Stuhl direkt am Fenster, stellte ihre Tasche auf dem Boden ab und schlug die Beine übereinander. Auf dem kleinen Beistelltisch neben ihr lagen einige Zeitschriften. Agdas Blick fiel auf die Oberste, es war irgendein Modemagazin, dann schaute sie hinaus zum Spätsommer.

Miriam erinnerte sich genau, wie Joshua damals im Hochsommer das Mädchen mit dem schwedischen Vornamen zum See gebracht hatte.

Sollte sie aufstehen und einfach zu ihr herübergehen? Der Platz neben Agda war frei. Aber vielleicht wollte sie das auch gar nicht? Eine Ewigkeit hatten sie sich nicht gesehen, acht Jahre war es her. Miriam hatte länger nicht mehr an Joshua gedacht. Es war gut, so wie es war. Die Zeit war vorübergegangen und abgelaufen.

„Agda?" Miriam sprach es einfach laut aus und musste lächeln, als sich der verwunderte Blick Agdas in etwas Vertrautes verwandelte. Auch wenn sie selbst die Haare nicht mehr rot trug und ihr Kleidungsstil mittlerweile beinah seriös geworden war, hatte Agda sie erkannt.

„Hallo." Verwundert und erfreut, so klang Agdas Stimme und ließ Miriam aufstehen.

Sie waren nie enge Freundinnen gewesen, doch das war egal, als sie sich nun in die Arme schlossen. Der vertraute Moment wurde nur durch die Sprechstundenhilfe gestört, die in diesem Augenblick das Wartezimmer betrat, um die nächste Patientin aufzurufen.

Agda roch angenehm, es konnte Chanel No 5 sein, aber sicher war sich Miriam nicht. Das war auch nicht wichtig. Sie lösten sich voneinander.

„Mit jedem hätte ich hier gerechnet", Miriam lächelte. „Aber nicht mit dir. Du wohnst also noch in München?"

„Das tue ich." Agda setzte sich, während Miriam auf dem freien Stuhl neben ihr Platz nahm. Es gab Zufälle und es gab das Schicksal.

„Das ist ja echt ein Ding." Miriam konnte es nicht fassen. „Wie geht es dir denn?"

Agdas Gesicht hatte sich kaum verändert. Sie trug keinen Pony mehr, aber ansonsten schien sie wie damals, jung und verträumt zu sein. Und die Narbe am Kinn, die saß auch noch an der gleichen Stelle.

„Mir geht es gut", antwortete Agda. „Und dir?"

Eine Frage, die eine sofortige Antwort verlangte und der fast immer eine Lüge entgegengestellt wurde.

„Ich war zwei Jahre in Ghana. Seit Mai bin ich wieder hier in München." Es war Miriams Standardantwort der letzten

Monate, die sich plötzlich furchtbar verbraucht anhörte, doch das schien Agda nicht zu bemerken.

„Ghana, das klingt spannend." Ehrliches Interesse erschien auf ihrem Gesicht.

Miriam sah sie an und fühlte sich in eine Zeit zurückversetzt, die so weit verschluckt gewesen war, dass sie sich wunderte, wie schlagartig sie wieder wie früher empfand.

Auch Agda schien ihren eigenen Gedanken nachzuhängen, denn sie betrachtete Miriams Gesicht ebenfalls intensiv, bis sie beide erneut anfingen zu lächeln.

Als die Sprechstundenhilfe direkt vor ihnen stand, Miriam am Arm berührte und sie bat, mit zur Blutabnahme zu kommen, registrierte Miriam, dass ihr Gespräch hier definitiv noch nicht nach ein paar gewechselten Worten enden sollte.

„Ich warte später unten in der Bäckerei auf dich", sagte sie deshalb. Nicht nur, dass man dort hinter einer großen Glasscheibe sitzend hervorragend die Münchener beim Flanieren beobachten konnte, es gab auch den besten Erdbeerplunder in der Stadt.

„Oder hast du keine Zeit?" Miriam stand auf und sah Agda fragend an.

„Nein, das passt", Agda nickte.

Sie lächelten sich erneut an, denn es war eine Zusage zu einer Verabredung mit einem Teil ihres früheren Lebens.

Während des Wartens in der Bäckerei war plötzlich der See vor ihren Augen aufgetaucht. Miriam rührte verträumt den Milchschaum unter und kehrte in eine Zeit zurück, in ein gefühlt anderes Leben, in die Nacht, in der Agda wie ein Gespenst einfach ins Wasser gefallen war.

*

„Was macht die denn für eine Scheiße, man? Was ist das für eine Irre?" Svens Stimme war laut und böse, dabei erfuhr er wie all die anderen auch nur den größten Schreck.

Joshua schlug unsanft mit seiner Hand gegen Agdas Wange, bis sich ihre Lider endlich öffneten. Hustend wurde sie eine Menge geschlucktes Wasser wieder los.

„Sie muss ins Krankenhaus." Miriam war nicht wohl bei der Sache.

Joshua berührte, dieses Mal sanfter, Agdas Gesicht an den unterschiedlichsten Stellen.

„Quatsch, sie ist doch wach", war Svens Einwand, laut und murrend.

Agda hustete ein letztes Mal kräftig und richtete sich mit der stützenden Hilfe von Miriam auf.

Joshua sagte die ganze Zeit nichts. Er sah Agda nur an, besorgt und vertraut, mit dem versprechenden Blick, dass alles gut werden würde.

„Möchtest du nach Hause?", fragte er schließlich, was Agda mit einem Kopfschütteln beantwortete. Ein Kreis hatte sich um sie gebildet.

„Tut mir leid." Agdas Murmeln war rot und beschämend.

Miriam und Joshua knieten jeweils an einer Seite von ihr, Sven stand schräg hinter Micha und Paul.

„Mach dir keine Gedanken", sagte Miriam und seufzte laut. Die Anspannung, die sie zuvor noch gespürt hatte, wich langsam aber kontinuierlich.

„Non omnis moriar." Agdas Worte waren nur ein Flüstern. Zum ersten Mal griff sie Joshuas Eigenart auf.

Sein Gesicht hätte in diesem Augenblick die ganze Insel beleuchten können.

„Nein, das wirst du nicht", antwortete er, erleichtert und ein bisschen verklärt.

*

Beinah drei Stunden später betrat Agda die Bäckerei und Miriam stand erlöst auf. So gut wie der Kuchen und die Aussicht waren, so schlecht hatte sie auf dem Hocker gesessen. Oder lag das am Alter? Ihr Nacken spannte und ihre Füße kribbelten.

„Entschuldige." Agda blickte auf den Teller vor Miriam, auf dem viele Krümel lagen, sowie auf zwei ausgetrunkene Latte macchiato Gläser.

„Scheinbar war mit der Schwangeren vor mir etwas nicht in Ordnung." Agda presste die Lippen aufeinander und Miriam nickte. Sowas kam beim Frauenarzt schon einmal vor.

„Kein Problem, aber lass uns ein bisschen laufen. Ich kann nicht mehr sitzen." Miriam streckte gähnend ihre Arme in die Luft.

„Du hast dich kaum verändert", sagte Miriam, als sie die Bäckerei mit einem klingelnden Glockenklang verließen und gemeinsam ins Sonnenlicht traten.

Agda zeigte nach links, dort ging es in Richtung Englischer Garten.

Miriam stimmte nickend zu und so schlenderten sie los.

„Du dich schon", Agda lächelte. „Ich glaube, auch wenn ich dich im Wartezimmer bemerkt hätte, ich weiß nicht, ob ich dich tatsächlich erkannt hätte."

„Tja, mein faltiges Gesicht. Ich hab alles versucht, aber es wird einfach nicht mehr jung", Miriam zwinkerte ihr zu. Dass da ein bisschen Wahrheit hinter dem steckte, was sie sagte und dass sie in den letzten drei Monaten verschiedene

Cremes gegen Falten ausprobiert hatte, erwähnte sie nicht. Es war unnötig, zuzugeben, dass sie ebenfalls zu den kämpfenden Frauen gehörte.

Agda schüttelte lachend den Kopf.

„So war das nicht gemeint. Ich meinte eher deinen Stil. Du siehst echt elegant aus."

Das Angenehmste an Agda war, dass sie nicht log. Es war vielleicht naiv, einfach drauflos zu sprechen, nicht erst abzuwägen, ob Gesagtes angebracht sei oder nicht. Trotzdem war Miriam diese Art der Kommunikation wesentlich lieber, als all die aufgesetzten Komplimente, bei denen man doch nicht wusste, was Wahrheit und was purer Zweckmäßigkeit diente.

Vielleicht wären wir ja Freundinnen geworden, dachte Miriam. Sie selbst hatte München vor vielen Jahren verlassen, weil sie eine Arbeitsstelle in Berlin bekommen hatte. Miriam bereute die Zeit in der Hauptstadt nicht, war aber wieder einmal darüber erstaunt, wie anders alles hätte kommen können, hätte sie München damals nicht den Rücken gekehrt.

Während Miriam erzählte, von den Projekten und der Arbeit und davon, dass in Europa immer noch alle glaubten, dass Afrika der Kontinent der Löwen sei, ohne jegliche menschliche Zivilisation, fiel ihr erneut auf, dass sie nicht wegen Ghana an sich berichtete. In Wahrheit war Miriam wahnsinnig glücklich gewesen, nach zwei Jahren wieder zurück in Deutschland zu sein. Sie hatte festgestellt, dass sie doch nicht der Typ Mensch war, der ohne Badezimmer und geregelte Ordnung ein für sich empfundenes gutes Leben führen konnte. Oder zumindest, dass es sich für sie nicht nach einem solchen anfühlte. Natürlich hatte Miriam das vor Freunden und Bekannten nie erwähnt, stattdessen immer nur das gesagt, was alle von ihr hören wollten. Nämlich, dass sie die Eine war, die ihre Ziele nicht nur auf To-do-Listen vor sich her kritzelte, sondern dass sie diejenige war, die tatsächlich Taten sprechen ließ. Miriam hatte einen Flug gebucht, damals am 26. Januar, und ihre alte gewohnte Existenz hinter sich gelassen. Sie war in ihrer Erzählung eine junge Frau, die sich getraut hatte, den Sprung ins kalte Wasser zu wagen und dabei noch Gutes für die Welt zu leisten.

Nun allerdings, bei Agda, hatte Miriam das Gefühl, dass diese überhaupt nichts von ihrem Afrikabericht erwartete, sondern lediglich zuhörte und somit wurde es plötzlich schwierig. Miriam fühlte sich ertappt bei der Lüge ihrer scheinbar glaubwürdigen Geschichte, dass alles so richtig gewesen war in ihrem Lebenslauf, wie sie es im Nachhinein behauptete, weil das Gesicht, das neben ihr lief, mit nur einem Ausdruck ein ganzes Leben erzählte. Und das war etwas, das Miriam selbst nach einer langen Zeit in Afrika, immer noch nicht bei sich entdecken konnte.

Der Nachmittag war verflogen, sie hatten sich im Englischen Garten ins Gras gesetzt. Wie damals setzte die Dämmerung ein und der Boden kühlte ab. Schnell, denn der Herbst wartete bereits hinter dem nächsten Gewitter. Als sich Miriam eine Zigarette anzündete, sagte Agda nichts. Früher hätte sie gehustet oder sich geräuspert und dabei wahnsinnig gequält ausgesehen. Nun verzog sie nicht einmal mehr den Mund.

Agda arbeitete mittlerweile als Logopädin, so viel hatte Miriam inzwischen erfahren. Wie schon damals war sie diejenige, die nachfragte. Agda erzählte von sich aus nur das Nötigste.

Es ist verrückt, dachte Miriam, dass es Agdas Berufung ist, Leuten das Sprechen beizubringen, wo sie selbst kaum etwas sagt.

Im gleichen Augenblick ärgerte sie sich; sie wollte nicht mehr so schnell urteilen und einfach erst mal zuhören lernen. Agda konnte das und damit erkennen, wo das Problem bei ihrem Gegenüber lag, um es schließlich zu beheben.

„Es ist erfüllend, wenn man Leuten helfen kann", sagte Miriam, was tatsächlich stimmte. Viel eher waren es die äußeren Umstände gewesen, die sie in Afrika hatten unzufrieden werden lassen. Ansonsten entsprach es den Tatsachen, denn die Zeit in Ghana war neben Malte bisher die prägendste Erfahrung ihres Lebens gewesen.

„So geht es mir auch, wenn die Leute besser sprechen lernen", sagte Agda. „Dann weiß ich, dass ich meinen Platz gefunden habe."

Stumm und ohne die Chance auf ihn zu reagieren, prallte ein Volleyball gegen Agdas Hinterkopf. Der Aufschlag ließ sie nach vorne kippen. Sekundenlang passierte nichts.

„Hey! Seid ihr bescheuert?", schrie Miriam und beugte sich zu Agda. „Alles okay bei dir?"

Agda schüttelte sich kurz und sah leicht verwirrt zu Miriam. Vorsichtig fasste sie sich an den Hinterkopf.

„Ja, ich denke schon." Ihr von Schmerz verzogener Mund sagte etwas anderes.

Ein Junge aus der Volleyballgruppe kam angelaufen und nahm den Ball an sich.

„Sorry", murmelte er.

„Ja ja", sagte Miriam und machte eine scheuchende Handbewegung.

Zuerst zögerte Agda, als Miriam darauf bestand, dass sie mit raufkommen sollte. Wie schon damals biss sie sich auf die Unterlippe, wenn sie unentschlossen war.

„Du brauchst Eis", Miriam deutete auf ihren Kopf. „Wir hätten besser ins Krankenhaus fahren sollen."

Agda schüttelte den Kopf und fragte völlig überraschend und leise: „Hast du vielleicht was zu rauchen da?"

Miriam zog die Augenbrauen hoch. Das war also Agda, so konnte es gehen.

„Da bist du leider fünf Jahre zu spät", sie lachte und schloss die Haustür auf. „Na komm schon rein."

Während sie die Treppe hinaufstiegen, tauchte Joshuas wüstes Gesicht in Miriams Gedanken auf. Seine Stirn, die er viel zu oft in Falten gezogen hatte. Sein Mund, der die gleiche Form wie Maltes besaß. Seine Augen, die die Verletzlichkeit nicht mehr verlieren konnten. Alle Erinnerungen waren hervorgerufen durch Agda, die für Miriam eine immer noch starke Verbindung zu Joshua hervorrief. Doch Miriam hatte sich verboten, Agda nach Josh zu fragen. Wenn sie selbst schon keinen Kontakt mehr mit ihm hatte, warum sollte er dann welchen zu seiner Exfreundin suchen? Wobei man bei Joshua niemals etwas genau wusste und generell nichts ausschließen konnte. Weder, was er dachte, noch, was er fühlte und am allerwenigsten seine Motivation, um so zu handeln, wie er es all die Jahre getan hatte.

Auf dem letzten Treppenabsatz zu ihrer Dachgeschosswohnung hörte Miriam bereits Django bellen.

„Ist das deiner?", fragte Agda skeptisch.

„Er gehört meinem Mitbewohner Simon. Keine Angst." Miriam drehte sich zu Agda um, die einige Stufen hinter ihr stehen geblieben war.

In diesem Moment öffnete sich die Tür am Ende der Treppe und Simon verließ mit Django an der Leine die Wohnung.

„Hat er dich mal wieder wahrgenommen", rief er Miriam entgegen, beugte sich nach vorne und strich Django über den Rücken.

„Das ist ja ein Dackel." Agda zog die Augenbrauen hoch.

„Na klar, auch wenn er manchmal klingt wie ein Schäferhund", Miriam grinste.

„Ich bin gleich wieder da, wir müssen nur kurz eine Runde raus", sagte Simon und dann noch „hi", als er auf Agdas Stufe ankam. Fragend musterte er sie, von oben bis unten, intensiv und dennoch feinfühlig.

Django, der vorausgelaufen war, zog heftig an der Leine, sodass Simon im nächsten Augenblick hinter seinem Hund nach unten stolperte.

Miriam lachte und auch Agda lächelte.

„Gemütlich habt ihr es hier", sagte Agda und drehte sich einmal um die eigene Achse, während sie sich in der mit Holz verkleideten Küche umsah. An den Schrägen klebten überall Postkarten, dass der Boden nicht gefliest, stattdessen mit beigem Teppichboden ausgelegt war, störte nicht, sondern gab dem Raum eine warme Atmosphäre.

Miriam griff im Kühlschrank nach einer Flasche Weißwein, stoppte aber gleich wieder in ihrer Bewegung. „Alkohol bei deinem Unfall wohl besser nicht", murmelte sie.

„Miriam, es geht mir gut." Agda ging zu ihr und nahm ihr die Flasche aus der Hand. „Na los, hol uns die Gläser. Wir müssen endlich richtig anstoßen."

Vielleicht änderte man sich doch mit der Zeit? Ganz bestimmt sogar. Miriam packte eine Flasche Mineralwasser aus dem Seitenfach und schloss die Kühlschranktür.

„Dann machen wir aber wenigstens eine Schorle."

Während sich Agda setzte und Miriam in die Gläser erst den Wein und danach das Wasser einschenkte, donnerte es draußen.

„Simon muss sich beeilen", sagte Agda und fuhr mit den Händen die leichten Stickereien des Tischdeckenmusters nach.

„Das wird er. Simon ist nämlich verdammt faul." Miriam stellte die vollen Gläser zwischen ihnen ab. „Hätte er Django nicht, ich weiß nicht, ob er jemals die Wohnung verlassen würde."

Agda nahm ihr Glas, ließ es gegen Miriams schellen und leerte es in einem Zug.

„Hast du noch Kontakt zu den anderen?", fragte sie. Es sollte gleichgültig klingen, war jedoch zu angestrengt, als dass es Miriam nicht bemerkt hätte.

„Sven und Micha sind nicht mehr in München. Von ihnen hab ich ewig nichts gehört. Von Josh auch nicht. Aber Paul lebt noch hier. In Schwabing. Wir sehen uns hin und wieder, aber auch nicht regelmäßig." Miriam erhob ihr Glas feierlich und leerte es, wie zuvor Agda, mit zügigen Schlucken. Sie brauchten dringend Alkohol, für das, was jetzt kommen sollte, denn natürlich war es Miriam bewusst, dass es Agda nur um Joshua ging. Manche Dinge änderten sich nicht. Miriam beschloss mitzuspielen, da sie Agda nicht in Verlegenheit bringen wollte und auch ein bisschen, weil das alles nicht wirklich gut gelaufen war damals.

„Und du? Hast du Kontakt?", fragte Miriam, obwohl sie sich sicher war, dass sie die Antwort bereits kannte.

„Zu niemandem mehr", sagte Agda und griff nach der Weinflasche.

Regen trommelte mittlerweile gegen das Dachfenster und

Miriam wünschte sich, dass sie doch etwas zu rauchen da gehabt hätte.

Die Wohnungstür fiel ins Schloss und Django schoss eine Sekunde später zur Küchentür herein. Der Hund zog eine Spur von Regentropfen hinter sich her und schüttelte sich vor dem Küchentisch.

„Mensch Django!" Simon stand im Türrahmen. „Ich habe dir doch gesagt, dass wir erst ins Badezimmer gehen." Auch er war komplett nass geworden und tropfte genau so stark wie sein Hund.

„Das sind die letzten Sommergewitter", sagte Agda. „Bald ist es dafür zu kalt."

Simon sah sie an, sein Gesicht wirkte fragend. Langsam kam er näher.

„Hab ich was Falsches gesagt?" Agda blieb seinem Blick standhaft.

Simons Augen wurden plötzlich größer, seine Stirn legte sich konzentriert in Falten, was seinem Gesicht einem merkwürdig komischen Ausdruck verlieh.

„Jetzt weiß ich, woher ich dich kenne." Er deutete mit dem Zeigefinger auf Agda. „Na klar!" Er strahlte, die Falten lösten sich auf, die Augen leuchteten.

„Du hast mal in unserem Wohnzimmer gestanden." Als ob er einen Mordfall gelöst hätte, so und noch stolzer, verschränkte Simon die Arme.

Während Agda fragend dreinschaute, umklammerte Miriam ihr Weinglas fester und schüttelte minimal den Kopf, doch Simon verstand keine leisen Zeichen.

„Das ist ja echt der Hammer. Auch wenn man dein Gesicht nur etwas verfremdet wahrnehmen konnte, ich bin mir sicher, dass du es bist! Oder, Miriam? Das ist sie aber?"

Es war ein dummer Zufall, ein solcher, der im Film dafür gedacht gewesen wäre, um Spannung zu erzeugen, und den man als unlogisch kritisieren könnte. Hier aber, in ihrer Küche unter dem Dach, gab es keine Leinwand, die alle Gefühle beherbergte. Nichts, was Miriam vor dem bevorstehenden Blitzeinschlag hätte schützen können, war greifbar. Früher, da war ihr von einem Moment auf den nächsten schlecht geworden. Sie hatte es immer gut verbergen können, denn eine Außenfassade, die an Auffälligkeiten kaum zu übertreffen war, ließ niemanden mutmaßen, es könnte auch einfach nur Unsicherheit dahinter stecken. Die schrillen Farben und die gewagten Schritte waren damals ihr Schrei gegen das Leben gewesen, dass es einen eben nicht kleinkriegen konnte, egal wie viele Ungerechtigkeiten es einem vor die Füße spuckte. Malte hatte sich nicht einmal verabschieden können.

„Wie bitte?" Agda war irritiert und Miriam entsetzt. Ihr war lange nicht mehr schlecht geworden. Sie hatte nicht daran gedacht. Eigentlich hatte Miriam überhaupt nicht nachgedacht. Und jetzt war es zu spät.

„Wieso hast du das Bild?", schrie Agda.

„Kleinen Augenblick", sagte Simon und verschwand ins Wohnzimmer. Dort wühlte er in einer der vielen Aufbewahrungskisten den Akt von Agda hervor und präsentierte diesen schließlich voller Stolz in der Küche.

Agda riss es ihm aus der Hand.

Solange Miriam Agda gekannt hatte, war diese stets leise und scheinbar ausgeglichen gewesen. Außer in der ersten Nacht, als sie einfach in den See gekippt war, hatte Agda niemals Gefühle gelebt. Die Monate nach dem Vorfall am See hatte Agda immer eine Ruhe ausgestrahlt, egal, wie sehr

Josh und sie sich auch gestritten hatten. Agda blieb gleichgültig, wenn er sie wütend aufforderte, endlich sie selbst zu sein. Einmal, auf Svens Geburtstag, da hatte der Streit der beiden auf dem Balkon beinahe die Party gesprengt. Nachbarn hatten geklingelt und sich über Joshs ausfällige Bemerkungen in unmöglicher Lautstärke beschwert.

„Ich glaub, ich kümmere mich mal darum, dass Django trocken wird", sagte Simon und zog sich rückwärtsgehend, den nassen Hund auf dem Arm haltend, aus der Küche zurück.

Als sich die Tür geschlossen hatte und sie wieder zu zweit waren, seufzte Miriam. Es war wohl Zeit für die Wahrheit. Zumindest für einen Teil von dieser. Das war sie Agdas entsetztem Gesicht schuldig.

„Josh hat damals alle seine Bilder verbrannt. Bis auf deines." In der ganzen Zeit, in der sie sich gekannt hatten, hatte Miriam Agda nicht einmal weinen sehen. Nun aber verrieten ihre Augen alles, Tränen sammelten sich, um dann in Stürzen ihre Wangen hinunterzulaufen.

„Ich habe ihm geholfen, seine Möbel zu verkaufen", erzählte Miriam, auch wenn es ihr schwerfiel. Da mussten sie beide jetzt durch.

„Viel hat er ja eh nicht besessen." Joshuas Raum war kleiner gewesen als ihre jetzige Küche. Und es hatte immer komisch gerochen. Im Sommer stärker als im Winter. Der Teppichboden war fleckig gewesen und die Wände nicht verputzt, doch das war Joshua niemals wichtig gewesen.

„Und dann war sein Zimmer leer. Nur noch ein paar Kleidungsstücke, ein Rucksack, und dein Bild hatte er behalten." Miriam erinnerte sich an sein Zögern, das einzige Hadern, welches er jemals vor ihr preisgegeben hatte.

Agdas Akt in den Händen haltend hatte er nicht gewusst wohin mit sich, mit all der Liebe und Wut und Trauer.

Nimm du es, ich kann es nicht mitnehmen, hatte er Miriam schließlich gebeten und sie hatte das Bild an sich genommen. Es war mit Abstand die beste Arbeit, die sie jemals von Josh gesehen hatte. Sie würde es in Ehren halten, das war ihr Versprechen gewesen.

„Ich war damals glücklich", murmelte Agda. „In dieser Nacht, in der er mich gemalt hat, habe ich mich so unfassbar glücklich gefühlt, wie nie mehr davor oder danach." Sie nahm ein zerfetztes Taschentuch aus ihrer Jeans und fuhr damit grob über ihr Gesicht. Sie hatte stumm und heftig geweint, nun fasste sie sich erstaunlich schnell. Ihre Stimme wurde ruhiger, sie schien ihren Ausbruch langsam in den Griff zu bekommen.

„Ich habe mich als etwas Besonderes gefühlt, verstehst du? Keiner hat mir seitdem wieder dieses Gefühl geben können."

„Ja, darin war er gut", antwortete Miriam. Natürlich war Joshua nach wie vor ein Freund, wenn auch ein verschollener, aber jetzt, wo Agda nach so vielen Jahren scheinbar noch immer völlig verstört vor ihr saß, da machte es Miriam doch etwas sprachlos. Was hatte Joshua getan, was hatte er zu Agda gesagt, dass es nach all der Zeit solche Wellen in ihr schlug?

„So glücklich war ich. Und danach nie mehr. Ich wünschte, ich hätte es gemerkt, Miriam. Ich hätte merken müssen, dass er gehen will. Seitdem er weg ist ..." Agda schluchzte und fuhr sich erneut mit den Händen über das Gesicht.

„Ich fühl mich so müde und aufgebraucht. Wenn ich mir überlege, wofür ich mich früher alles begeistern konnte. Ich habe Ausstellungen besucht und mir sämtliches Wissen über die Kunst angeeignet. Und heute? Mir ist schon ein Artikel, der länger als eine halbe Seite lang ist, oftmals zu viel. Kannst du dir das vorstellen? Ich bin einfach so furchtbar müde und das geht nicht mehr weg."

Der Regen wurde weniger, es donnerte nur noch in der Ferne. Die Farben in der Küche waren hellgrün und dunkelgrau, ließen die Tränen riesig erscheinen und die Lippen rissig. Es war immer noch nicht richtig dunkel. Die Blitze warfen in kurzen Momenten ihr Scheinwerferlicht in den Raum und beleuchteten sie, den Akt und die Realität, in schaurigen Schatten.

„Hey", sagte Miriam und griff nach einer von Agdas nassen Händen, die mittlerweile wieder übereinander gefaltet auf dem Tisch lagen. „Mach dir keine Vorwürfe, Agda. Das ist Quatsch! Hörst du?"

Agda schniefte und ihr Gesicht war ganz rot geworden. Sie schien Miriam zu hören, verstand sie aber anscheinend nicht. Langsam schüttelte sie den Kopf.

„Josh ist halt Josh. Du hättest ihn nicht retten können", sagte Miriam bestimmt. Sie musste Agda überzeugen. Nicht nur für Agda selbst, sondern auch für Josh. Da war sich Miriam sicher, das hier hätte er nicht gewollt.

„Ich habe wirklich versucht ihn zu verstehen", sagte Agda. „Aber er hat einfach nicht mit mir gesprochen. Nie. Was wollte er denn? Ich war doch immer für ihn da."

In diesem Moment, da kämpfte nicht nur Agda. Miriam sah sie an, das Bündel Elend, die vielen ungeklärten Fragen auf ihrem Gesicht und den Frieden, den Agda nicht schließen konnte. Miriam wusste, dass sie Agda erlösen wollte, was gleichzeitig ein Akt des Hochverrates an Joshua wäre. Miriam wurde wütend. Sie wollte ihn schütteln, weil es nicht immer nur um ihn ging und weil er zu feige gewesen war und Agda damals nie erzählt hatte, warum er so verletzt war und niemandem mehr vertrauen konnte.

„Es lag nicht an dir", sagte Miriam. Sie musste klug argumentieren, vielleicht mit der Vernunft oder mit etwas, das Josh einmal zu ihr gesagt hatte. War es möglich, dass seine Worte durch Miriam zu Agda durchdringen konnten? Ein Versuch war es wert.

„Weißt du, er schuldet dir nichts. Ich glaube, dass es das Schwierigste ist, sich einzugestehen, dass andere Menschen einem nichts schulden. Du ihm auch nicht. Er kann letztlich seinen Weg gehen, wohin er möchte, genauso wie du. Jeder hat seine eigenen Vorstellungen. Auch wenn es schwerfällt, das müssen wir versuchen zu akzeptieren. Weder schuldest du ihm was, noch er dir."

So oder ähnlich, hatte ihr Josh damals versucht zu erklären, warum er gehen musste, denn letztlich, da schuldete man sich nur selbst etwas.

Agda zog ihre Hand aus Miriams und fuhr mit ihren Fingern über die eingetrockneten krustigen Ölspuren des Bildes. Ihr glückliches Ich lag nackt auf Papier vor ihr. An einer Stelle, direkt unter der Brust, war bereits Farbe abgesplittert. Ein Leben, das endgültig vorbei war.

„Joshua hat das Bild *Protokoll einer Nacht* genannt", sagte Miriam. Sie würde es Agda schenken, es gehörte sowieso ihr.

Draußen im Flur bellte Django, auf der Straße ging die Alarmanlage eines PKWs los.

„Ja, das klingt nach Joshua", flüsterte Agda.

Mit Sicherheit würde gleich auch noch die Feuerwehr ausrücken, und sei es nur, um eine Katze vom Baum zu retten.

## Joshua

Die Endlichkeit ist immer wieder präsent und das, obwohl ich nicht schwer krank bin und wahrscheinlich noch gute 40 oder 50 Jahre leben kann. Ich weiß, dass ich es endlich loslassen sollte, es war Maltes Schicksal und damit lediglich ein Teil von meinem. Gleichzeitig finde ich es allgemein merkwürdig gedacht, dass scheinbar jeder so lebt, als würde es immer weiter gehen. Citius, altius, perditus. Diejenigen, die so tun, als ob es kein Ende gibt, das sind doch die Verrückten und nicht ich. Bedeutet Naivität Dummheit oder Freude? Gibt es das eine nicht ohne das andere?

Wie viel Enttäuschung auf einem einzigen Gesicht sitzen kann, das ist fast unheimlich. So wie heute in der Früh hat mich seit Jahren niemand mehr angesehen. Eigentlich kenne ich diesen Blick nur von einer Person aus einem Moment. Agda, damals, als sie begriff, dass ich sie wirklich verlassen würde.

Die gesteigerte Form der Fassungslosigkeit hatte ich davor nur in der Trauer um Malte erlebt. Unser Vater, seine Freunde und Miriam, seine erste Freundin, hatten versteinerte Gesichter, monatelang, zum Teil noch Jahre nach seinem Tod.

Sie glaubten mir nicht, dass Malte vergiftet worden war. Sie sahen es als meine Flucht an, in der ich versuchte, einen Schuldigen zu finden, um nicht in Trauer zu verfallen. Ich beschwöre Maltes Mord nach wie vor, obwohl die Tat ewig her ist und ich es niemals beweisen konnte.

Wer hätte denn einen Grund dazu gehabt, einen Jugendlichen aus seinem Leben zu reißen? Das wurde ich oftmals gefragt. Die simpelsten Antworten sind die unwahrscheinlichsten. Ich sag nur so viel: Malte war der Intelligenteste von uns allen. Und das ist gefährlich. Wenn jemand früh Ideen hat und dadurch ein tatsächlich greifbares Risiko entsteht, dass sich etwas ändern könnte, ist er bald selbst in Gefahr.

Wir waren in der Falle zwischen Kindheit und Jugend, befreiten uns schließlich hinaus aus den Kinderzimmern und hinein in unsere eigenen Ideen, fernab der Straßen der Bürgerlichkeit. Und dann wurde Malte einfach fortgerissen.

Warum das gerade jetzt wieder als Steinschlag da ist, als Wucht, die so schmerzt, dass es körperlich weh tut?

Ich wurde heute Morgen gefragt, ob ich niemals Trauer empfunden hätte. Eine Annahme, die so dumm ist und gleichzeitig beweist, dass man sich ändern kann. Man kann vorgeben, jemand zu sein, der mit sich im Reinen ist und der keine Vergangenheit besitzt. An einem anderen Ort zu einer anderen Zeit kannst du dich als ein ganz anderer darstellen, als der du schon bekannt bist. Das habe ich bereits so oft erfahren, dass ich nicht mehr weiß, wie es ist, die Identität an einem Platz aufrecht erhalten zu müssen.

Am Tag als Malte aufgrund seiner Vergiftung nicht mehr aufwachte, hatte ich bereits morgens Bauchschmerzen gehabt. Auf seiner Beerdigung erinnerte ich mich daran, wie wir als Kinder immer den kleinen Zoo aufgebaut hatten. Es gab viele Tiere und Malte wollte einfach nicht akzeptieren, dass das Nashorn Tonio nicht mehr dazugehörte. Wir bauten Gatter und sortierten die einzelnen Gattungen in verschiedene Käfige ein und ich sagte Malte, dass Tonio nicht mehr mitspielen durfte, weil ein Nashorn mit abgebrochenem Kopf kein richtiges Tier mehr war, sondern tot.

Und nun war Malte tot und ich dachte daran, dass wir als Kinder über solche Sachen stundenlang gestritten hatten. Ich als großer Bruder hatte natürlich meistens recht gehabt. Malte war dann zu unserem Vater petzen gegangen, was allerdings nie viel gebracht hatte, außer zusätzlichem Ärger. Unser Vater arbeitete im Schichtdienst, also ständig, und hatte demnach für die Streitigkeiten seiner Söhne keinen Kopf mehr, wenn er ausgelaugt und mit Rückenschmerzen am Nachmittag auf unserem Sofa lag. Da sollten wir uns ruhig verhalten. Als ob das eine Anweisung wäre, an die sich Jungs halten könnten. Oder war das Humor, den ich nicht verstanden hatte? Wobei das auch im Nachhinein eher unwahrscheinlich ist, weil jeglicher Spaß bei uns abhandengekommen war.

Den genauen Tag, an dem es bei uns ernst wurde, kann ich sogar noch benennen. Es war der eine Morgen, ich war gerade neun Jahre alt und Malte sechs, als ich in die Küche kam und mein Vater am Herd stand und mit der Milch kämpfte, die überzukochen drohte. Es roch angebrannt und ein bisschen nach Wut.

„Wo ist Mama?", hatte ich gefragt und mich auf einen der Küchenstühle gesetzt, damit meine nackten Füße nicht durch den eiskalten Steinboden erfrieren würden.

Mein Vater hatte nicht geantwortet, stattdessen war er mit dem Topf, den er umständlich mit zwei Topflappen festhielt, zum Tisch gekommen.

„Hol Tassen, Joshua", hatte er befohlen und ich war müde und dennoch eilig zum Schrank gelaufen, während der Geruch von verbrannter Milch sich langsam im Raum ausbreitete. Ich trug meinen blauen Pyjama, auf dem kleine rote Vierecke als Muster zu sehen waren und der so schrecklich an den Stellen juckte, an denen der Saum vernäht war. Ich zog ihn auch noch an, als meine Beine für die Hose viel zu lang geworden waren und der Schlafanzug Malte besser gepasst hätte. Doch neue Kleidung gab es nur an Weihnachten und zum Geburtstag, wenn unsere Tante zu Besuch kam und uns die alten Stoffreste ihrer ebenfalls wachsenden Söhne vermachte. Mein Vater hatte in der Zeit viel um die Ohren. Malte und ich waren ihm deshalb auch nicht böse, dass er nicht erkannte, dass Kleidungsstücke in der Regel nicht mitwuchsen.

Der Kakao schmeckte an diesem ersten neuen Morgen ohne Mama anders und ich habe nie wieder den Geschmack des Getränkes erfahren, welches jahrelang für mich zubereitet worden war.

Eine Frau, die ihre Familie verließ, war in den 70er Jahren eine Seltenheit gewesen. Meine Mutter wurde dafür geächtet, doch es konnte ihr egal sein, denn sie bekam den Hass auf ihre Person nicht mehr mit. Wir hingegen, die übriggebliebene Familie, ein überforderter Mann und seine beiden verunsicherten Söhne, mussten es aushalten. Die Blicke, die uns auf der einen Seite mit Mitleid zudeckten, waren andererseits aber auch ein Beobachten, das Fragen aufwarf. Was mussten wir für furchtbare Kinder sein, wenn man uns einfach im Stich ließ?

Natürlich spürte ich das. Trotzdem grüßte ich in unserem Dorf weiterhin Menschen, die ich nicht kannte, und Gesichter, die ich nicht mochte. Ich tat, was man mir sagte, auch, wenn der Drang immer stärker war, das zu tun, wonach ich mich wirklich fühlte.

Vielleicht habe ich diese Ruhelosigkeit, die schon ein Leben lang in mir wohnt, von meiner Mutter geerbt? Bestimmt sogar, denn in unserem Vater habe ich mich niemals wiedererkannt. Weder seine Gesten, noch seine Gedanken konnte ich nachahmen. Wie ein bekanntes Märchen, das man hunderte Male erzählt bekommen hatte und dennoch nicht verstand, was die Protagonisten da eigentlich taten. Das ist das Gefühl, was mich überkommt, wenn ich an meinen Vater zurückdenke. In meiner Mutter wiederum hatte ein unstillbarer Hunger nach der Welt gesessen, den ich heute so gut nachvollziehen kann und der schon sehr früh in mir ausgebrochen war. Vielleicht hatte ich bereits als Kind alles so sattgehabt, was sie sich erst viele Jahre später als erwachsene Frau eingestand? Natürlich sind auch das nur Mutmaßungen, denn sie hat sich nie wieder bei uns gemeldet, nicht einmal, als Malte starb. Und das kann ich ihr sowieso niemals verzeihen.

Den Schwarzwald hinter mir zu lassen, war damals meine Rettung gewesen, München war kein Dorf, das um unsere dramatische Familiengeschichte wusste. Jeder kommt irgendwo her, aber wenn man Glück hat, vergessen die Leute, einen danach zu fragen.
Dass ich Miriam in der Stadt erneut begegnet bin, war purer Zufall gewesen und so sehr ich mit meinem alten Leben abschließen wollte, so sehr konnte ich Miriam nicht fernhalten. Niemand bemerkte unsere verbundene anhaltende Trauer, die zwischen uns lag. Ein Seil, das gespannt war und auf dem Malte mal balancierte, mal tanzte. Er war einfach immer bei uns, wenn wir zusammen waren.
Miriam und ich sprachen niemals über meinen Bruder, wofür ich ihr damals sehr dankbar war. Dafür, und für das Wissen, dass sie ihn in der kurzen gemeinsamen Zeit sehr glücklich gemacht hatte. Im Nachhinein betrachtet, hätte ich Miriam nach ihm fragen sollen. Sie kannte Momente

von Malte, die mir fremd waren. Somit hätte er für mich einen Augenblick lang wieder lebendig werden können.

Und dann, in dieser wirren Zeit, traf ich Agda. Was mir als erstes an ihr auffiel, war ihr unverbrauchtes Gesicht. Nicht einmal, dass es besonders ebenmäßig gewesen wäre, nein, aber ihr Blick schien abwesend zu sein, beinah apathisch. Sie war nicht besessen nach dem Leben, sie hatte keinen Hunger und damit alles, was mir in dieser Zeit recht war.

Abwesend zu sein, nicht nur geistig, sondern auch fast körperlich, darum beneidete ich sie. Denn ich kämpfte jede einzelne Sekunde darum, dass in meinem Kopf für einen Augenblick lang endlich Ruhe herrschen würde.

Den genauen Zeitpunkt, als Agda damit begann, zu erahnen, was ich dachte und fühlte, bevor sie selbst zu einem Urteil fand, kann ich nicht mehr benennen. Vielleicht war das von Anfang an so und ich habe es erst später verstärkt wahrgenommen. Seitdem störte es mich ungemein.

Trotzdem konnte ich nichts Gemeines zu ihr sagen, gleichzeitig aber auch nichts Nettes mehr. Es wäre wie Eigenlob gewesen, bei ihrem Versuch, die komplette Anpassung an mich zu erreichen. Ich wurde einsilbiger und arbeitete noch besessener. Denn mein Echo, zu dem Agda wurde, konnte ich nicht gebrauchen.

Da ich in München sowieso nicht ewig bleiben wollte, ging ich schließlich. Und so verließ ich auch sie. Denn das Verlassen, das steckt in meinen Genen. Ich finde, es hat sogar etwas Natürliches an sich. Wozu hat man sonst die Augen, die Ohren und die Nase? Unsere Sinne sind dafür gemacht, um möglichst viele unterschiedliche Eindrücke zu erfahren. Andernfalls könnten sie ja einfach irgendwann aufhören, zu arbeiten, wenn da nichts Neues mehr käme.

Dann bräuchte man bloß noch ein Gedächtnis haben, das würde ausreichen, oder nicht?

Mein getriebener Körper eilte meinem ausgelaugten Geist oftmals vergeblich nach. Wenn es die Momente gab, in denen sich beide tatsächlich vereinten oder sie zumindest nebeneinander liefen und sich nicht als vollkommene Feinde betrachteten, ahnte ich, wie ausgeglichen sich normale Menschen fühlen durften.

Als ich Bayern schließlich den Rücken kehrte, verschlug es mich erst einmal eine Weile lang nach Italien. Ich mochte das Gestikulieren der Menschen beim Sprechen. Die wilden Ausbrüche, die bei jedem Versuch, sich mitzuteilen, ausdrücken sollten, welche Wichtigkeit das Gesagte hatte. Dann lehnte ich mich entspannt zurück, ich hatte kein Interesse an solchen Kämpfen.

Ich höre generell lieber zu. Nicht, dass ich Scheu habe. Ich traue mich, die Fragen zu stellen, die mich wirklich interessieren. Auch wenn sie unbequem sind oder scheinbar nicht angebracht. Es ist wichtig, den Fragen, die man hat, nachzugehen.

In Italien wurde es mir in den Sommermonaten auf Dauer zu heiß. Die lange Siesta am Nachmittag, die Salmonellen, die ich mir einfing, und die ständige Schlaflosigkeit ließen mich schließlich erneut aufbrechen.

Durch einen Bekannten bin ich vor einiger Zeit in Nordfrankreich angespült worden. Hier ist das Klima nicht so beständig und die Leute etwas reservierter. Trotzdem, auch mit ihnen kann man sich austauschen, ohne permanent von der eigenen Erfahrung berichten zu müssen.

Was ich hier gelernt habe: Egal wo man hingeht, immer wieder muss man sich mit den Menschen und ihren Fragen auseinandersetzen. Die meisten sind belanglos und interessieren mich nicht, aber ab und an, da ist mal eine dabei, über die man nachdenken sollte. Ein wenig Unterhaltung, solange es nicht zu nah wird, kann ich zulassen. Denn ich habe noch etwas gelernt: Auch, wenn ich nicht teilhaben möchte, nach einer gewissen Zeit reagieren die Mitmenschen trotzdem auf mich. Deshalb ist es ratsam, niemals zu lange an einem Ort zu bleiben. Zu viele fremde Enttäuschungen brechen mit der Zeit über mich ein.

Heute Morgen ist es erneut passiert und mir bewusst geworden, dass ich wieder einmal auf einen Streit zusteuere. Eine bevorstehende Auseinandersetzung lag in der Luft, die anstrengend werden konnte. Und weil ich Enttäuschungen auf Gesichtern nicht mehr ertrage, nicht heute und schon gar nicht für immer, mache ich das, was mir wiederkehrende Ruhe verspricht, in aufwühlenden Zeiten.

Ich gehe. Wie so oft trage ich meinen Hocker in der einen Hand, meine Malutensilien in der anderen. Der Geruch von Farbe, die neue Welt, die man sich schafft, das hat mir noch immer geholfen.

Das Wetter ist angenehm, die Leute sind im Urlaub und haben gute Laune. Sie wollen Krabben essen, Möwen zuhören und Wellen beobachten.

Aus sieben Perspektiven habe ich den Hafen bereits gemalt, heute möchte ich etwas Neues probieren und mir Menschen erst ins Gedächtnis und dann auf Papier rufen. Die Statisten merken nicht einmal, wie sie verewigt werden, und ich habe eine Erinnerung, die sich nicht mehr verfälschen lässt. Das fertige Bild lügt nie. Jede gezeichnete Linie ist ein neuer Versuch, ich lerne immer noch dazu. Bonus vir semper tiro.

Ein Schatten legt sich über das Papier und mich. Ich blicke nach oben, ein Jugendlicher starrt auf mein unfertiges Bild.

„Wie viel willst du dafür haben?", fragt er.

Ich bin erstaunt, dass er mich scheinbar ohne Zweifel als Deutschsprechender identifiziert hat, und ärgere mich gleichzeitig über seine Dreistigkeit und die Annahme, dass Geld stets der Antrieb ist, etwas zu tun.

„Das ist nicht käuflich", brumme ich und hoffe, seinen Schatten damit zu vertreiben, doch er bleibt stehen.

„Ernsthaft, man?" Seine Stimme schaukelt. Sein Alter liegt schätzungsweise zwischen Legoschiff und Vollrausch. Mein Stimmbruch ist glücklicherweise weniger drastisch abgelaufen.

Dieses Mal schaue ich ihm direkt ins Gesicht, damit er begreift, dass ich es ernst meine. Kleine Punkte überall, ich sehe nur Sommersprossen. Ein Flaum ist über seiner Lippe. Es fällt mir schwer, kein Mitleid zu empfinden.

„Ja, absolut. Das ist unverkäuflich", wiederhole ich. Ich male nicht mehr für andere Menschen. Im Grunde genommen, habe ich das noch nie getan. Ich habe die Kunst stets für mich benutzt, für meine Momente der gelingenden Flucht.

Immer noch leuchten seine Augen. Als ich so alt war wie er, da hatte ich auch diese Begeisterungsmomente. Ein Strahlen, das nicht aufgesetzt ist und sich über das ganze Gesicht zieht. Wenn du glaubst, dass du etwas Großartiges vor dir hast. Wenn deine Striche nur so über das Papier tanzen und das Öl ineinander verschmiert und dein Modell seine Unsicherheit so sehr zeigt, dass du es mühelos auf das Blatt übertragen bekommst.

Die Haut, die zittert, nicht nur vor Kälte, sowie die Haare, die die Hälfte des Gesichts verdecken, als ob du dich so vor mir verbergen könntest.

„Lebst du hier?", fragt mich der Jugendliche und ich lege geschlagen meinen Pinsel auf den Boden.

„Nur für eine Weile."

„Und dann? Wohin gehst du?"

Vielleicht war ich in seinem Alter ebenfalls schnell begeistert, doch so gesprächig und neugierig, nein, das bin ich nie gewesen.

„Das werde ich dann sehen", sage ich. Denken mittlerweile schon die Jugendlichen für ein ganzes Leben voraus? Ich bin wohl verdächtig, denn ich habe nichts für die Zukunft vorzuweisen. Nicht gemachte Lebenspläne sterben aus und machen den meisten Menschen inzwischen Angst. Wie schade. Eigentlich sind es doch die Überraschungen, die das größte Glück versprechen.

„Ich heiße Louis", sagt er.


Die Zeit in Deutschland war nicht meine freieste, dennoch habe ich dort etwas verstanden. Wenn sich alles nicht mehr richtig anfühlt, hat man zwei Möglichkeiten. Mit alles meine ich übrigens das Leben, die inneren und äußeren Umstände, das Rennen und außer Puste sein, nach einer sehr langen Strecke, die man bereits absolviert hat. Ich hatte keine Lust mehr, dass ich ständig irgendwelche Erwartungen erfüllen sollte. Das Abmühen, die Anstrengungen, nur um am Schluss vermittelt zu bekommen, dass es wieder einmal nicht reichte, dass man gedacht hatte, ich wäre anders, das war so ermüdend. Selbst meine Bilder konnten mich nicht retten. Ich fragte mich oftmals, was ich ausstrahlte, dass ich am Ende permanent andere enttäuschte und das nicht einmal mit Absicht?

Deshalb wurde ich in München schließlich derjenige, der nichts mehr wollte. Agda hat das nicht gestört. Durch sie habe ich Bedingungslosigkeit kennengelernt. Das vermisse ich manchmal. Und sie auch. Das ändert zwar nichts, weil man nicht immer eine Wahl hat, und trotzdem ist es ein Trost für mich. Das ist merkwürdig und gleichzeitig die ganz eigene Logik von etwas, das man wohl als abgeschlossen bezeichnen könnte.

Ich hoffe wirklich sehr, dass es ihr gut geht.

Louis hatte mir schließlich beim Malen zugesehen.

Ich erzählte ihm nicht von dem Streit, den ich in der Früh mit Joelle gehabt hatte. Louis war 15, was hätte er schon dazu sagen können? Stattdessen schenkte ich ihm das Bild.

„Das ist doch noch gar nicht fertig", sagte Louis und schaute kritisch auf den Himmel, der weder blau, noch grau war und den ich ganz am Anfang lediglich mit einem feinen Strich markiert hatte, um zu wissen, dass dort später die Wolken sein sollten.

Zugegeben, für einen 15-Jährigen musste dieser freie weiße Platz im oberen Drittel des Bildes etwas nicht Beendetes bedeuten. Je länger ich jedoch auf mein Werk schaute, desto sicherer war ich, dass ich zu keinem einzigen Pinselstrich mehr ansetzen würde.

„Dinge sind immer dann fertig, wenn du dich dafür entscheidest, dass sie beendet sind", sagte ich und stand auf.

Der kommende Tag war keine Option und das Gestern lag bereits meilenweit entfernt von mir. Ich konnte nur heute versuchen, das Beste aus meinem Leben zu machen.

# Juli ist zurück

Als sich die Tür öffnet und Juli hereinkommt, sollte ich überrascht sein, aber ich bin es nicht.

Ihr Blick trifft meinen, sie lächelt leicht und kommt auf mich zu.

Ich bin der hinter dem Tresen, der jetzt ebenso lächelt und sie wiedererkennt, obwohl sie sich so vollkommen verändert hat. Ihre Haut ist stark gebräunt, ihr blondes Haar ist noch heller geworden und nun zum Teil mit Rastazöpfen versehen.

„Hallo", sagt sie und ich bin mir sicher, es ist in derselben Tonlage wie ihr „Tschüss" vor einigen Wochen. Fünf Wochen und drei Tagen, um genau zu sein.

Ich gehe um die Theke herum, wir drücken uns, ich spüre die Gurte ihres Rucksacks, spüre das schwere Gewicht auf ihrem Rücken.

„Du bist wieder da", flüstere ich.

Juli lacht, drückt sich von mir weg und schlägt mir leicht gegen die Brust.

„Kein Grund, emotional zu werden." Doch sie freut sich und gleichzeitig steckt hinter ihrem Lachen noch etwas anderes.

Ich habe es kaum bemerkt, sie scheinbar schon, dass meine Stimme belegt ist, und jetzt fühle ich auch den trockenen Hals und versuche, den Kloß herunterzuschlucken. Juli ist wieder da.

„Setz dich. Was willst du trinken?" Ich könnte sie immer nur ansehen, aber das mag sie nicht und ich muss weiterarbeiten, also lässt Juli ihren Rucksack neben den Hocker fallen, nimmt Platz und ich gehe zurück zum Zapfhahn.

Juli schaut sich um, während ihr Bier im Glas aufschäumt. Sie greift danach, ihr Handgelenk wird umspielt von bunten Armbändern.

Ich kann es nicht fassen, meine Juli sitzt mir tatsächlich gegenüber. Bei ihrer Abschiedsparty dachte ich, wir würden uns in drei oder vier Monaten sehen, ich wollte sie im Spätherbst besuchen, in Thailand oder wo sie dann auch gerade sein würde.

Juli trinkt schnell, ich nehme weitere Bestellungen entgegen, der Abend ist schon spät, es ist unter der Woche, wenn wir Glück haben, sind um Mitternacht alle aus dem Laden raus.

Ich habe so viele Fragen und doch weiß ich, ich werde keine davon stellen. Juli würde dasselbe für mich tun. Trotzdem kann ich es kaum erwarten zu erfahren, was passiert ist.


Als ich endlich um 1 Uhr die Ladentür von innen abschließe und mich umdrehe, sehe ich Juli, die nun selbst hinterm Tresen steht, sich das fünfte Bier zapft. Langsam gehe ich zurück zu ihr.

Sie trinkt, reicht mir das halb leere Glas, zapft weiter. Durch sie bin ich damals an diesen Job gekommen, sie hat mich eingearbeitet. Erst jetzt entdecke ich, dass ihr Unterarm ein neues Tattoo ziert, ein Anker und noch etwas, Julis Bewegungen sind zu schnell, als dass ich es erkennen könnte. Meine Hand greift ihr Handgelenk, ihr Arm hält still. Ich pfeife bedächtig.

„Nicht schlecht." Um den Anker schlängelt sich ein Tau, dazu ein kleines Herz.

Tradition bricht Individualität. So ist Juli einfach.

„Jetzt frag mich schon", sagt sie und blickt mir dabei direkt in die Augen.

Ich schüttle den Kopf, hebe mein Glas, ich weiß nicht, zum wievielten Mal wir heute Abend anstoßen. Aber auch das ist nicht wichtig. Was zählt, ist nur der Moment, das hat mich Juli oft gelehrt.

„Wissen die anderen schon Bescheid?", frage ich.

Juli blickt sich im Raum um. Lila Licht bestrahlt die Autoreifen, die die Wände verzieren. Das ist einfach unser Zuhause, unser Laden.

„Hier hat sich nichts verändert", sagt Juli und dann „nein, ich bin direkt vom Flughafen hergefahren."

Es waren nur fünf Wochen. Aber ja, sie hat recht, auch in dieser Zeit kann sich einiges verändern, bei ihr mit Sicherheit.

„Bleibst du lange?" Ich wünsche es mir so sehr, nicht nur ein Zwischenstopp von ihrem Trip, bitte bleib bei mir.

„Erstmal ja."

In der hinteren Ecke, wo Benzinsäulen an die Wand gemalt sind, sitzen wir an unserem Lieblingstisch. Juli hat ein Teelicht vom Tresen mitgenommen, ihr Gesicht flackert alt und gleichzeitig hat sie nie lebendiger ausgesehen.

„Willst du es hören?", fragt sie.

Ich nicke. Natürlich. Ich möchte alles von ihr wissen. Immer.

„Du wirst es aber nicht verstehen", sagt sie, ihre Finger streichen kurz über meinen Handrücken, als ich hinsehe, sind sie bereits wieder verschwunden. Ich frage mich, ob sie jemals da waren.

Juli seufzt.

„Weißt du, es lief einfach nicht. Alles. Die Jobs, und ich hab einige gemacht, das willst du nicht hören, das war alles nichts. Plötzlich hab ich mich nach all dem hier gesehnt."

Bei den letzten Worten wird ihr Blick weich, Juli weint nicht, niemals, aber sie ist ehrlich. Immer. Vielleicht habe ich sie deshalb so gerne und vielleicht kann ich es deshalb nicht verstehen.

„Es war doch dein Traum!" Ich will etwas anderes. Etwas Bedeutendes, etwas, das rechtfertigt. Einen triftigen Grund. Wie sie so vor mir sitzt, mit ihrem neuen Tattoo, ihren neuen Haaren, da macht sie mich wahnsinnig, weil alles Neue nur äußerlich ist.

„Man gibt seinen Traum nicht einfach so auf!"

Juli umfasst das Teelicht mit Daumen und Mittelfinger, dreht es leicht. Das Licht flackert.

„Hör auf, wütend zu sein!", sagt sie. Ihre Finger fahren immer wieder durch die Flamme.

„Es war mein Traum, das ist richtig."

Ich warte, auf irgendetwas, aber Juli schweigt.

„Und jetzt nicht mehr? Ich dachte, diese Reise wäre dein Leben, dein größter Wunsch? Ich verstehe es nicht." Ich habe versucht, meine Stimme zu senken, gelungen ist es mir nicht.

Juli streicht über ihr neues Tattoo. Ein bisschen Schorf ist noch da, keine Linie ist verwischt.

„Das hab ich in Singapur machen lassen, war ein ganz kleiner Laden." Julis Augen sind verschwommen, sie ist gerade weit weg.

Nach gefühlter Ewigkeit seufzt sie. „Ich weiß, warum du wütend bist. Ich habe lange davon gesprochen, von dieser Reise. Ja, es war mein Traum ein paar Monate auszusteigen, Neues zu sehen, viel zu erleben."

Wieder hört sie auf zu sprechen, wieder bleiben Fragezeichen zurück.

„Seit wann rauchst du?", fragt Juli.

„Ich weiß nicht", sage ich ehrlich. Eigentlich hatte ich es mir letztes Jahr abgewöhnt, wie so vieles.

Julis Augen sind müde. „Ich hab von Anfang an gemerkt, war kaum ein paar Tage unterwegs, dass es sich nicht richtig anfühlt. Falscher Zeitpunkt, falsche Route, was auch immer. Und das hat sich durchgezogen. Bis vorgestern. Und dann hab ich entschieden, dass ich zurückkommen werde."

Nun bin auch ich müde. Es gibt kein Argument. Nur ein Gefühl. Falscher Zeitpunkt? Was?

„Du hast einfach aufgegeben." Ich dachte, das wäre nur mein Gedanke, doch als ich Julis Blick sehe, weiß ich, dass ich es tatsächlich laut gesagt habe.

„Weißt du", sagt sie zu mir. „Lass los. Die Vorstellung, die du von meiner Reise hattest."

Fragend schaue ich sie an. Ich hab das Gefühl, es ist ein Abend voller Fragezeichen, voller Unverständnis und gleichzeitig schäme ich mich dafür. So waren wir nie. Nein, ich muss es anders sagen, so war ich niemals. So wie eben, so bin ich nicht.

„Ich kann das alles so akzeptieren, dann bitte auch du!" Juli ergreift meine Zigarette, nimmt selbst einen tiefen Zug.

„Ich sehe es dir an, du verstehst es nicht." Juli lächelt. „Du hast keine Ahnung, wie dein Gesicht dich verrät."

Sie rückt über die Eckbank näher an mich, ihre Schulter berührt meinen Oberarm.

„Aber ich bin dir nicht böse, kann ich gar nicht sein." Ihre Stimme wird leiser, sie schließt die Augen, lässt sich die Kippe aus der Hand nehmen, ich drücke sie aus.

„Willst du hier schlafen?" Ich erhalte keine Antwort mehr.

Alles tut weh. Mein Rücken, mein Kopf. Langsam öffne ich die Augen, viel zu hell, viel zu viel Holz. Neben mir der Tisch, ganz nah. Ich bin tatsächlich noch im Laden. Und dann fällt mir alles wieder ein. Juli.

Es war kein Traum, da liegt der Zigarettenstummel, unsere Gläser, leer und erschöpft nebeneinanderstehend auf dem Tisch. Nur Juli ist nicht mehr da. Dafür ein Zettel. Niemand, den ich kenne, schreibt so klein wie Juli. Ihre Buchstaben fressen sich beinahe gegenseitig auf.

Ich greife nach dem zerfetzten Papierschnipsel:

*Ich kann nicht was weiter machen, nur, damit alle zufrieden sind. Es ist doch viel wichtiger, dass meine Reise für mich gerade weitergeht. Und das ist hier. Das habe ich unterwegs gemerkt.*
*Bin jetzt in die WG, bis später, J*

Juli ist keine Person, die sich rechtfertigt. Ich starre auf das Papier. Und plötzlich wird mir klar, wie gerne sie mich doch eigentlich haben muss, wenn sie mir so etwas völlig Einleuchtendes, nochmal extra erklären möchte. Aber das ist Juli. Dafür brauche ich sie. Und darum ist sie bestimmt auch wieder zurück.

# Trauerarbeit

„Weißt du, warum dieser Ort etwas Besonderes ist?", hatte Friedrich mich gefragt. In der Ferne war ein Reh vorbei gesprungen, so, als ob es die Wirklichkeit gar nicht gäbe.

„Wenn du hier oben auf dem Hochsitz bist, dann vergisst du, dass es da draußen noch anderen Menschen auf der Welt gibt, Valerie."

Friedrich hatte sich immer wieder neue Inseln gesucht, Plätze und Zeiten, in denen keine Regeln herrschten, nur seine eigenen. Ihm waren die dunkelsten Orte bekannt, Blut, Staub und schreiende Menschen. Wie konnte man es ihm da verdenken, dass er sich so sehr nach einem friedlichen Fleck sehnte?

Ich erinnere mich, dass ich das Wort Trauerarbeit schon beim ersten Mal, als ich es gehört hatte, unangebracht fand. Wie passten denn Traurigkeit und Arbeit zueinander? Die gesteigerte Form der Trauer hatte doch nichts mehr von Struktur oder gar Verbindlichkeit an sich.

Trauerarbeit ist ein Prozess. Er muss durchlebt werden, damit man lernt, den Tod zu akzeptieren. Wie soll ich das denn jemals schaffen? Ich kann mich ja nicht einmal anständig verabschieden. Worte fallen mir nicht ein, Gesten benutze ich falsch.

Ich erinnere mich an Onkel Friedrichs Tod im Juli 2004. Es waren 34 Grad und sein Sterben surreal, weil es nicht kalt war und kein Nebel aufsteigen konnte.

Meine Mutter hatte mir von seinem dauerhaften Verschwinden berichtet, dabei immer wieder geblinzelt und eilig die Teller auf dem Küchentisch verteilt.

Friedrich hätte das Ganze vielleicht sogar komisch gefunden. Dass ausgerechnet seiner redseligen jüngeren Schwester die Worte zu seinem Tod fehlten. Doch Friedrich war nicht mehr da, um zu scherzen.

Beim Essen waren die Gedanken an ihn übermächtig geworden. Mit jedem Bissen schluckte ich einen Teil von ihm herunter, selbst vor seinem grauen, kratzigen Sakko, gegen das ich oftmals liebevoll gedrückt worden war, blieb ich nicht verschont. Es kratzte im Hals und ließ mich nach Luft schnappen. So, als ob ich vielleicht nur kurz untergetaucht sei und das alles nicht echt wäre.

Wenn ich zurückblicke, dann denke ich, dass dieser Vorgang beim ersten Mittagsessen nach dem Verlust von Friedrich mit Sicherheit Trauerarbeit hatte sein sollen, seine Funktion aber verfehlte. Traurigkeit, Wut und Tränen, dafür braucht man einen geschützten Raum, in dem man sämtliche Gefühle durchleben darf. Sonst sitzt man am Ende da und glaubt, dass es nicht richtig wäre, wenn es einen nach einer gewissen Zeit weiterhin wahnsinnig werden lässt. Wenn ich bestimmte Plätze nach wie vor meide, Umwege in Kauf nehme und in die nächste Arbeit hinein stolpere. Nämlich die, die noch zu erledigen ist.

Gewissenhaftigkeit, das ist ein langes Wort. Ich schleife es hinter mir her, während es gegen jede verdammte Straßenlaterne knallt und schmerzende Geräusche verursacht.

„Das hier", hatte Friedrich gesagt und seinen Fuß auf die unterste Stufe der morschen Leiter gestellt, „ist ein Geheimnis. Ein gutes, verstehst du? Egal was ist, dort oben wirst du immer beschützt sein, Valerie."

Die Zipfel von Friedrichs Mantel hatten beim Hinaufklettern stets mein Gesicht gestreift. Doch das machte nichts. Wir waren in Sicherheit. Niemand sonst hatte mir später jemals wieder einen Ort anvertraut.

„Was siehst du?", hatte mich Friedrich gefragt als wir nebeneinander auf dem Hochsitz Platz genommen und einmal kräftig durchgeatmet hatten.

„Die Wiese", ich lächelte. „Und die Bäume."

Friedrichs Nicken ließ mich neugierig werden.

„Schau dahinten." Er hatte mit seinem Arm Richtung Horizont gezeigt. „Die Linie zwischen Himmel und Erde. Weißt du, was sie bedeutet?"

Ich schüttelte den Kopf. Ich war ein Kind, aber Friedrich hatte mich schon damals ernst genommen.

„Es hört nie auf", hatte Friedrich gesagt und sich entspannt zurückgelehnt. „Das ist eine scheinbare Begrenzung, die keine echte ist. Du kannst sie niemals greifen, Valerie, und das ist das Wichtigste. Es gibt kein Ende. Verstehst du das?"

Ich hatte genickt, ehrfürchtig, denn ich war etwas Großem auf der Spur.

„Ich möchte, dass du das nicht vergisst. Such immer das Echte und geh bis zur Grenze, dann wirst du sehen, dass du sie überschreiten kannst."

Meine Kopfbewegung hatte erneut Zustimmung signalisiert, auch, wenn ich nicht wirklich verstand, was Friedrich meinte. Das begriff ich erst viele Jahre später.

So saßen Friedrich und ich noch eine Weile nebeneinander.

Die Sonne blendete mich, sodass ich abwechselnd blinzelte und meine Hand als Lichtschutz über meine Augen hielt. Friedrich störte das Licht nicht. Er schaute einfach hindurch. Oder darüber hinweg? Seine graublauen Augen waren ruhig und sich bereits da ein wenig am Verabschieden.

Das Festhalten, ebenso das Flüstern, haben sich bei mir niemals bewährt. In meiner Erinnerung kommen Bilder hoch, grau überschattet, von seiner kalten Hand, die leblos Richtung Boden fiel. Aufgebahrt und bereit noch weiter zu verblassen, das ist der Anblick, der mich bis heute verfolgt. Dazu die Leinentücher, die akkurat gebügelt bereitlagen und aus denen sämtliche Gespenster gewichen waren.

In meiner Kindheit hatte es des Öfteren hinter dem Schrank geknackt, lediglich die eine Nacht im August, Jahre später, hatte sich die Tür ein Stück weit quietschend geöffnet.

„Du und deine Geister", hatte mein Freund Pascal gesagt, nachdem ich den Schlüssel umgedreht und er mir anschließend über den Kopf gestrichen hatte. Pascal kannte kein Unbehagen, keine Bordsteine, auf denen man umknicken konnte und Brunnen, in die man nicht fallen durfte. Oftmals bewunderte ich ihn für seine Unbeschwertheit, selten kam ich dabei zu der Frage, ob diese Sorglosigkeit nicht vielleicht auch mit Dummheit gleichzusetzen war.

„Du riechst direkt anders, wenn du erschrocken bist", hatte Pascal gesagt und mir dabei in den Nacken geblasen. Es war kein Kitzeln und kein Versprechen, sondern nur die stille Antwort auf meine Überlegung, ob wir überhaupt zueinander gehörten.

Mittlerweile erlaube ich mir zwischenzeitlich, nicht mehr ganz so leichtgläubig zu sein. Wer denkt, dass alles gut wird, dem ist bisher wahrscheinlich nichts widerfahren.

Und damit meine ich alles. Das Gute und Schlechte und am allermeisten die Angst.

Heute Abend sitze ich Joshua gegenüber. Er ist die vierte Verabredung nach Pascal und gefühlte Jahrhunderte weit entfernt von Robin.

„Ich war noch nie in Afrika", sagt Joshua. „Aber diese Hitze kommt dem Ganzen wohl gleich."

Ich kann ihm kaum zuhören, beobachte stattdessen den Schweißtropfen, der langsam seine Schläfe hinunterläuft. Joshua ist Sportler. Deren Schweiß sieht immer ein Stück erhabener aus. Oder liegt das an den Muskeln?

Ich misstraue Joshua, weil er nicht gelächelt hat, als er mich ansprach. Was ist Berechnung? Wo ist die Unbeschwertheit hin? Joshuas Mund erzählt mir viel, in seinen Augen hingegen, da kann ich so gar nichts lesen.

„Das ist nicht entscheidend", hatte Sarah gesagt. „Wichtig ist doch nur, dass ihr euch erst mal sympathisch seid."

Sarah ist pragmatisch, während ich dumm bin, Joshua gegenübersitze und langsam an meinem Cocktail schlürfe. Es sind 34 Grad, obwohl die Sonne bereits untergegangen ist. Mein Strohhalm rührt Bläschen in die Pina Colada.

„Hoffentlich ist die Sahne nicht umgeschlagen", murmele ich und blicke auf.

„Hm", sagt Joshua.

Ob ich ihn bitten könnte, dass er einmal für mich lächelt?

„Wohin möchtest du denn in Urlaub fahren?", lautet seine nächste Frage.

Ich zucke mit den Schultern. Wie sehr ich solche Standardfragen hasse, wie furchtbar mich das alles deprimiert. Wer bestimmt Ansprüche und wann muss man sie herunterschrauben?

„Island", antworte ich schließlich.

„Verstehe", Joshua nickt. „Da wäre es jetzt wenigstens kühler."

Ich presse die Lippen aufeinander. Bin ich wütend auf ihn oder auf mich selbst? Wer bestimmt, dass man sich treffen muss, um sich nett zu unterhalten? Viel lieber würde ich stumm Seite an Seite sitzen.

„Ich glaube, mir ist schlecht", sage ich und stehe auf. Verwunderung in Joshuas Augen trifft auf Begeisterung meinerseits. Ich kann mich ja doch noch überraschen. So zäh muss der Abend gar nicht sein.

„Brauchst du etwas, Valerie?", fragt er.

Ich schüttle den Kopf. Danke, nein. Alles, was mich antreibt, sitzt kribbelnd in meinen Beinen.

„Er ist nicht mehr der Alte", hatte meine Mutter einmal am Telefon gesagt, zu irgendeiner Freundin, die Friedrich gar nicht gekannt hatte.

„Ich war bei meinem großen Bruder, wenn er nachts hochschreckte und leise wimmerte. Ich bin keine Psychologin. Ich hab doch auch keine Ahnung von einem Kriegstrauma. Zumal ich fast zwanzig Jahre jünger bin als er. Ich hab den Krieg damals überhaupt nicht selbst erlebt."

Meine Hand hatte die Türklinke festgehalten und meine Füße waren kalt geworden. Beinah wäre sogar mein Atem stehengeblieben.

„Nur mit Valerie, da zieht er heutzutage ab und zu los." Die Stimme meiner Mutter hatte abwertend geklungen.

„Ich weiß es doch auch nicht, wahrscheinlich ist der Anblick eines unbeschwerten Kindes das Einzige, was er erträgt."

Ich hatte die Klinke losgelassen und war leise zurück in mein Zimmer geschlichen. Meine Mutter hatte keine Ahnung, wohin wir gemeinsam liefen und was mir Friedrich erzählte. Sie ahnte nicht, dass ich von den Geistern wusste, die bei ihm jede Nacht hinter der Tür lauerten. Und sie hatte scheinbar auch den Zeitpunkt verpasst, an dem ich kein unbeschwertes Kind mehr war.

Dass Joshua für mich bezahlt, ist in Ordnung, dass ich ihn einfach sitzen lasse mit Sicherheit nicht. Aber ich habe keine Wahl, sonst wäre ich geplatzt. Es hätte in alle Richtungen gespritzt und Joshua hätte sich, mit verzogenem Mund und zusammengekniffenen Augen, schließlich hilflos weggedreht. Diesen Anblick wollte ich mir ersparen.
Ich laufe ein paar Meter, stoppe, atme tief durch und sehe mich um. Die Kneipen liegen entfernt hinter mir, die Lampions flackern melancholisch vor sich her. Auch sie haben langsam die Nase voll von der Hitze. Wenn ich könnte, dann würde ich Sarah anrufen, doch die ist heute auf einer Hochzeit eingeladen. Sie werden essen und tanzen und Reden halten. Alles Dinge, die mir fremd erscheinen, die ich verdächtige. Oder bin ich es längst, die zur Verdächtigen geworden ist?
„Du spiegelst dich in allem, was dich umgibt", hat Robin früher einmal zu mir gesagt. Früher, das ist ein anderes Leben und Robin mittlerweile verheiratet.

Es ist so still heute Nacht, wieso höre ich keine Grillen zirpen? Ich brauche Hintergrundmusik, möchte mich nicht so einsam fühlen. Mein Handyakku ist gleich leer, dann bin ich ganz allein. Wie haben sich vorherige Generationen getröstet, damals, als es noch kein blaues Licht gab, keine Ablenkung, in Form von bunten Bildchen und Musik, die einen ständig begleiten? Ist das vielleicht das Geheimnis gewesen? Sich selbst zuzuhören, in Momenten der Langeweile, in Augenblicken, wenn man sich verloren und einsam fühlt? Werden wir diese beklemmenden Gefühle der Hilflosigkeit nicht mehr los, weil wir sie ständig durch eine Tastatur für kurze Zeit wegdrücken können? Liegen die Gespenster deshalb dauerhaft in unseren Zimmern auf der Lauer? Das wäre eine Möglichkeit, ich könnte auf einer Spur sein.

Sieben Prozent, ich schalte mein Telefon aus und stecke es zurück in die Tasche. Jetzt bin ich wirklich allein.

Ich lasse mich durch die Stadt treiben, irgendwann biege ich links ab. Schon zwischen den Hauswänden wird es stiller und dunkler um mich herum, dann verschluckt der Wald das letzte Geräusch. Wie lange ich nicht hier war, ich kann es kaum glauben. Ich streife die Turnschuhe ab, meine Füße spüren den feuchten Boden. Geerdet sein, ich vergesse zu oft, wie sich das anfühlt. Doch ich möchte endlich schlafen können und so setze ich den ersten Fuß auf die unterste Sprosse. Vorsichtig klettere ich empor. Alles knackt. Ich taste mich in völliger Dunkelheit weiter nach oben. Morsch, das war die Leiter schon immer. Doch ich bin leicht und der Ort ist für die Ewigkeit mein Verbündeter, hier werde ich nicht abstürzen. Denn wenn ich mich in meinem Leben auf jemanden verlassen konnte, dann ist es Friedrich gewesen.

Ich habe auf dem Hochsitz übernachtet. Keine wirkliche Romantik, denn von hier aus knallten sie die Tiere ab. Peng. Peng.

Meine Hand wird kalt gedrückt und im nächsten Moment reiße ich die Augen auf. Friedrich. Hätte er doch nur mehr

Zeit gehabt, um mir alles zu erklären, vielleicht würde ich dann die Welt besser verstehen. Ich war noch ein halbes Kind, als er starb, nur schemenhaft sind die Begegnungen mit ihm. Wenn sie jedoch da sind, sind sie echt. Darauf kann ich mich verlassen.

„In Russland, da wirst du erschossen, aber doch nicht in unserem Wald, Valerie."

Konnte es wirklich so einfach sein? Ich brauchte also keine Angst zu haben.

Friedrich hatte belegte Brote in einer Blechdose dabeigehabt, das letzte Mal, als wir gemeinsam in die Weite geschaut hatten. Viel zu viel Butter, dazu kaum Belag. Meine Zähne hatten die Fettschicht durchtrennt, die Backen waren rot gewesen und Friedrich hatte wieder einmal in die Ferne Richtung Horizont gezeigt.

Seine Augen überblickten das wandlose Zimmer, das aus Wald bestand und die Gardine aus Nebelschwaden, die uns vor der neugierigen Außenwelt abschirmte.

„Hier gibt es Weitblick. Aussicht meinetwegen. Du kannst es nennen, wie du willst, Valerie. Du darfst denken, was du möchtest. Ohne, dass dich jemand ermahnt, ohne, dass du dafür verurteilt wirst. Der Zeigefinger ist an diesem Ort weit weg, verstehst du das?"

Ein Flüstern, ein Rascheln in den Bäumen umgibt mich, das viel lauter ist als alles andere zuvor. Ich bin zu Hause angekommen. Hier oben gibt es keinen Platz mehr für unsere Spukgeschichten. Geschichten, die wahren und solche, die wir uns selbst immer wieder erzählen.

Wenn du nicht so viel Angst hast, kannst du dann vollkommen frei sein? Stets die Aussicht auf deiner Seite und die Gewissheit, dass der Horizont keine Grenze ist, sondern lediglich ein Teil des ganzen Bildes.

Wen schicke ich nach Hause und wer darf bei mir bleiben?

Du musst an dich glauben. Wenn Menschen sogar zum Mond fliegen und Schiffe wie die Titanic bauen können, dann ist doch alles möglich, hatte Friedrich sagen gewollt.

Der, der eigentlich vom Meer stammte und die Grenzenlosigkeit sowie den fernen Blick auf Hochsitzen gesucht hatte.

Ich jedenfalls will meine Fragen nicht mehr verlieren und die Weitsicht ganz bestimmt auch nicht. Denn sonst kehren sie zurück. Deine, meine, unsere Geister.

# Jeanette

„Das weiß doch wirklich jeder, dass man einen Handwerker nicht einfach so in die Wohnung lässt. Schon gar nicht ohne Termin und sichtbaren Mangel. Ich glaub das nicht", empfing Kleo Jeanette kopfschüttelnd zurück in der Küche, nachdem Jeanette den Klempner in weißer schmutziger Latzhose an der Tür verabschiedet hatte.

Kleo änderte ihre Stimmung immer noch so schnell wie ein Kind. Bis jetzt hatten sie friedlich beieinander gesessen, aber nun war durch das kurze Klingeln und Jeanettes Reaktion auf dieses, eine Welle von Empörung in ihrer Freundin hervorgetreten.

Dabei war Jeanette mit dem Handwerker nur ins Badezimmer gegangen, er hatte den Wasserhahn aufgedreht, den Kasten zum Heizboiler geöffnet und ihr einige Fragen bezüglich ihres Wasserverbrauches gestellt. Während er sich stichwortartige Notizen auf einem zerfledderten Klemmblockblatt gemacht hatte, zuckte seine Nase unregelmäßig.

„Du kennst wie so oft nicht alle Fakten", sagte Jeanette. „Hier gab es letzte Woche schon Ärger mit dem Wasser. Bei Herrn Schneider hat es wohl ein kaputtes Rohr gegeben, da hat es ganz plötzlich bei Silke im Wohnzimmer von der Decke getropft. Und scheinbar sind die Probleme immer noch nicht gelöst." Sie setzte sich zurück an den Küchentisch, Kleo gegenüber.

Ihre Freundin schwenkte ihre Kaffeetasse, um dann den letzten Schluck mit Schwung hinunterzukippen.

„Ich hoffe, die bekommen das hier bald in den Griff, auch ohne, dass etwas aufgerissen werden muss. Sonst ist wieder alles wochenlang dreckig. Möchtest du noch einen Kaffee?" Jeanette fuhr sich müde übers Gesicht. Sie hatte in der Nacht nicht gut geschlafen, wie so oft. Dazu hatte Manuel eine Erkältung, die einfach nicht besser wurde. Sein Schnarchen plus der zusätzliche Husten waren am Ende zu viel gewesen. Um vier Uhr in der Früh war Jeanette samt Bettdecke auf die Couch umgezogen, um wenigstens noch zwei Stunden bis zum Weckerklingeln schlafen zu können.

„Okay, das ist was anderes", sagte Kleo und hielt Jeanette die leere Tasse entgegen.

„Aber du hast keine Ahnung, wie viele Trickbetrüger es da draußen gibt. Dieses Thema ist nicht umsonst ständig in der Zeitung, auch in Krimis ist das oft zu sehen. Da machen die auf hilfsbereit und überfallen dich am Ende. Wenn du nicht gefesselt in der eigenen Badewanne liegst, bist du geknebelt und gekidnappt im geklauten Malerauto und die brettern mit 180 km/h und dir fröhlich davon."

Jeanette ging zur Kaffeemaschine, füllte die restliche dampfende Flüssigkeit in die Tasse und stellte die Maschine aus. Mit Mitte vierzig sollten sie beide nicht so viel Kaffee trinken, das Herzinfarktrisiko war für sie mittlerweile deutlich erhöht.

„Jetzt fällt mir wieder ein, warum ich keine Krimis schaue. Da wird man ja total paranoid von." Die Milch war alle, Jeanette musste dringend einkaufen gehen.

„Ich mag das Verbrechen", Kleo grinste. „Gauner haben immer auch was Attraktives an sich, findest du nicht?"

Manchmal, da empfand Jeanette Kleos Hinterhofsprüche nur noch als peinlich. Hier zwischen Toaster und Mikrowelle, wenn sie unter sich waren, da durfte ihre Freundin so etwas sagen. Draußen hingegen, im Restaurant oder wenn sie an einer Bar saßen und Jeanette bereits mit dem dritten Longdrink kämpfte, hatte Kleo ebenfalls das Talent, ganze Tische mit ihren Männergeschichten zu unterhalten. Jeanette lenkte dann das Gespräch, mal besser, mal schlechter, auf weitaus weniger heikle Themen, denn was Kleo über ihre Bekanntschaften ausplauderte, wollte nun wirklich niemand hören.

„Manuel ist nicht da, du kannst es mir ruhig erzählen", flüsterte Kleo. „Wen findest du denn attraktiv?" Sie beugte sich halb über den Tisch, hin zu Jeanette. Wie eine Verschwörungstheoretikerin, wie eine Irre hing sie da, zwinkerte pausenlos und hatte immer noch nicht verstanden, dass sie nicht mehr zwanzig und auf der Schauspielschule waren.

Während Jeanette erwachsen, dicklicher und müde geworden war, dazu mit hohen Dioptrien belastet und einem Tinnitus, der sich hin und wieder lautstark meldete, war Kleo die kleine, zierliche Wilde geblieben. Sie hatte ihren Spitznamen Kleopatra ihrem seidigen, schwarzen Haar zu verdanken. Auch heute hatte sie immer noch diese betörende Mähne, die sie schwungvoll links und rechts über ihre Schulter zu werfen wusste.

„Auch wenn du es dir nicht vorstellen kannst, ich bin mit Manuel glücklich verheiratet. Und das bereits im achten Jahr." Jeanettes Stimme hatte sich nur innerlich erhoben, äußerlich blieb sie ganz ruhig. Sie kannte das schon und wusste, dass Kleo Manuel für einen langweiligen Snob hielt. Die beiden an einen gemeinsamen Tisch zu bringen, hatte Jeanette mittlerweile aufgegeben.

„Das weiß ich doch meine Liebe, es war ja nur ein klitzekleiner Scherz", Kleo lachte und setzte sich endlich wieder ordentlich zurück auf ihren Stuhl.

Der Tisch hatte trotz Kleos geringen Gewichtes verdächtig geknarrt. Er war ein Erbstück von Manuels Patenonkel gewesen, Massiveiche und potthässlich, viel zu groß für ihre winzige Küche. Manuel hatte sie eindringlich angesehen, es war ihm wichtig. Also hatten sie an einem Sonntag das Monstrum mit einem Kleintransporter in Bingen am Rhein abgeholt. Die Fahrt war still verlaufen und lediglich durch die Verkehrsnachrichten unterbrochen worden: Ein Geisterfahrer war unterwegs. Auch Jeanette hätte am liebsten sofort auf der Autobahn gewendet.

„Dann sag so etwas nicht." Jeanette fühlte sich müde und erschöpft. Es kratzte im Hals und ihre Stirn glühte, sie hatte sich mit Sicherheit bei Manuel angesteckt, nun, am neunten Tag seiner Erkältung.

„Sag mal, findest du es hier nicht auch furchtbar warm?" Jeanette ging zum Fenster und kippte es. Drüben im Garten spielte das Kind von Florian und Steffi. Immer wieder schoss der kleine Finn den Ball vor sich her, lief ihm die wenigen Meter nach und traf erneut bis er an dem kleinen Tor, das Florian für ihn vor einigen Wochen aufgestellt hatte, ankam. Schließlich rollte der Ball ins Netz. Finn riss die Arme nach oben, auch wenn niemand da war, der sich mit ihm über sein Tor freuen konnte. Der dicke Anorak versuchte ihn ebenfalls an seiner unbeschwerten, kindlichen Freude zu hindern.

„Tor, Tor!", brüllte er.

In diesem Moment öffnete Steffi die Terrassentür, lief die wenigen Meter in den Garten hinaus und nahm ihren Sohn auf den Arm. Sie drückte ihn an sich, gab ihm einen Kuss auf die Backe und trug ihn ins Haus, was Finn mit Schreien und Zappeln quittierte.

Jeanette sah auf die Uhr. Es war kurz vor halb eins, die klassische Zeit, in der auch sie und Manuel sonst zusammen aßen, doch heute war Donnerstag. An diesem Wochentag ging Manuel immer mit ein paar Kollegen essen. Früher, da waren ihnen die gemeinsamen Mahlzeiten heilig gewesen, aber als Jeanette ihn am Morgen daran erinnert hatte, war Manuel laut geworden.

„Es geht hier um ein einziges Mittagessen, Jeanette", hatte er gesagt. „Denkst du nicht, ich sollte mit meinen Kollegen auch mal über mehr sprechen, als immer nur über das Geschäftliche? Einmal die Woche ist wirklich nicht zu viel und mehr werde ich jetzt nicht dazu sagen."

Jeanette war sich dumm vorgekommen. Natürlich kannte sie das von früher, mittlerweile waren die bunten Abende in ihrer Erinnerung lediglich schemenhaft, an denen sie nach der Aufführung gemeinsam etwas trinken oder tanzen gegangen waren. Als die Engagements weniger wurden, da hatte sie sich nur noch auf den Feierabend mit Manuel gefreut. Sie war immer seltener mit ihren Kollegen losgezogen und irgendwann hatte sie auch keine Lust mehr gehabt, zum Vorsprechen zu gehen.

„Ich plane eine Ausstellung über Greifvögel", sagte Kleo.

„Wie bitte?" Jeanette drehte sich um, zog dabei die Augenbrauen hoch und legte gleichzeitig die Stirn in Falten, so wie das ihre Tante Martha in den 8oern bereits getan hatte. Jeanettes Mutter hatte damals gesagt, ein solches Gesicht zu machen, da wirke man direkt alt. Das Alter war für sie, die mit 55 Jahren gestorben war, eine Todsünde gewesen.

„Tue ich nicht", erwiderte Kleo. „Aber schön, dass du mir wieder zuhörst."

Jeanette seufzte und ging vom Fenster zurück zum Tisch.

„Tut mir leid, ich bin heute einfach nicht so gut drauf."

„Ich merke es. Was ist denn los?" Kleos Gesicht war so ehrlich wie Kartoffelsalat und Würstchen an Weihnachten. Jeanette hätte ihr vieles erzählen können, sie ließ es bleiben.

„Warum bist du eigentlich nie richtig aus der Kleinstadt raus?", fragte sie stattdessen. Hätte man Jeanette damals gefragt, sie hätte niemals damit gerechnet, zwanzig Jahre später mit Kleo so gemütlich zusammen zu sitzen und Kaffee zu trinken. Ihre Freundin war doch viel bunter als das hier.

„Du findest, dass Koblenz eine Kleinstadt ist?"

„Du etwas nicht?" Jeanette hustete leicht. Das Fieber stieg an, ihre Stirn pochte. Das hatten sie ja wunderbar hinbekommen, kaum war Manuel über den größten Berg, da ging es bei ihr los. Sobald Kleo gegangen war, würde sie sich ins Bett legen und den Schlaf nachholen. Möglicherweise kam sie so noch um das Schlimmste herum.

„Ein bisschen provinziell vielleicht, da hast du schon recht." Kleo pflückte drei Weintrauben von der Rebe, die Jeanette in der Mitte der Käseplatte platziert hatte. Es war ein französisches Frühstück ohne Wein und Sekt, dafür mit Gemüsesticks und Schinkenröllchen.

„Aber ich habe hier in der Stadt alles." Die Trauben verschwanden zwischen Kleos Lippen, auf denen das kräftige Rot scheinbar nie verschmierte.

„Meine Freunde, meine Familie, alle leben hier. Und ein paar Städte, in denen ich immer wieder Arbeit finde, gibt es auch in der Nähe. Mir reicht die große, weite Welt im Urlaub." Kleo lächelte und Jeanette dachte zurück an Spanien.

Sie hatten sich zwei riesige Rucksäcke gekauft, damals,

als das noch nicht alle taten und waren losgefahren, kurz vor Jeanettes fünfunddreißigstem Geburtstag. Der letzte Abend der Reise war einer der intensivsten in ihrem bis dahin blassblauen Leben gewesen. Zu Hause wartete kein Engagement, ja sowieso niemand auf sie und der geäußerte Wunsch war so stark gewesen, wie noch nie etwas zuvor in ihrem Leben.

„Am liebsten würde ich hierbleiben!", hatte Jeanette mit verdächtig schimmernden Augen gesagt. Es lag wahrscheinlich an der Musik, den vielen Cocktails und sicher auch an Fernando, der ihnen in den drei Wochen ihrer Reise immer wieder über die Füße gestolpert war und das, obwohl sie keine Handynummern ausgetauscht hatten. Seine Route war zufällig ihre gewesen oder war es umgekehrt?

„Ich muss zurück. Montag fängt Effi Briest an", hatte Kleo ihr ins Ohr geschrien, weil *Blue da ba dee Dab a dei* so laut aus den Lautsprechern gedröhnt hatte.

Im Gegensatz zu ihrer Freundin hatte Jeanette keine Rolle in Aussicht gehabt, nicht mal als Komparsin konnte man sie jederzeit einsetzen. Mit ihrer Körpergröße von 182 Zentimetern war sie größer als der Durchschnitt der Frauen und oft mehr, als die kleinen Bühnen vertrugen, auf denen sie ab und an Präsenz zeigen durfte. Nein, zu Hause warteten lediglich ein Haufen Rechnungen auf sie und die Ahnung, bald die Kündigung für ihre kleine Mietwohnung zu erhalten. Schon öfter hatten die Vermieter etwas von Eigenbedarf angedeutet. Nun, wo Jeanette nicht regelmäßig und nur in Teilbeträgen die Miete bezahlte, stattdessen aber in Urlaub fuhr, war es nur eine Frage der Zeit, bis sie die Quittung dafür bekommen würde.

„Wenn du das hier wirklich willst, bleib", hatte Kleo gebrüllt. „Ehrlich, ich kann das verstehen. Ich sehe ja, was mit dir los ist. Echt, das ist kein Problem, ich werde morgen alleine zurückfahren."

Und dann hatte Miguel, Fernandos guter Freund, seinen Arm um Kleos Hüfte gelegt und sie zurück auf die Tanzfläche gezogen.

Jeanette war stehen geblieben, hatte sich weiter suchend umgeblickt, doch Fernando war an diesem Abend wie verschollen gewesen. Hätten sie nur die Telefonnummern ausgetauscht, vielleicht wäre Jeanette mutig genug gewesen, um ihn anzurufen. So aber hatte sie sich nicht von der Stelle gerührt, da am aufgebauten Buffet, das aus kleinen Steaks und verschmorten Kartoffeln bestanden hatte. Ihren Cocktail mit zu viel Sahne drin umklammernd und sich elendig fühlend, hatte sie Kleo und Miguel beim Tanzen zugesehen.

Als sie am nächsten Morgen im Bus gesessen hatten und der Kopf von Kleo auf ihre linke Schulter gefallen war, hatte Jeanette die Tränen nicht mehr zurückhalten können. Sie hatte so lange stumm geweint, bis die Schilder auf der Autobahn wieder blau wurden und Kleo langsam gähnend erwacht war.

Kleo griff nach ihrer Tasche, die auf dem Stuhl neben ihr lag und packte ihr Handy, sowie die eingekochte Marmelade ein, die Jeanette ihr schon vor Wochen auf die Seite gestellt hatte.

Einmal im Jahr gab es das Einkochwochenende. Da kam Steffi vorbei und sie verbrachten den gesamten Samstag, manchmal auch noch den Sonntagvormittag damit, Früchte zu entsteinen und kleinzuschneiden, um sie dann topfweise mit Zucker und Zitronensaft zum Köcheln zu bringen.

Jeanette hatte für sich selbst zehn Gläser behalten und weitere zehn, um Freunden und Verwandten, die in ihrem

Leben übrig geblieben waren, eine Freude zu machen. Steffi hatte ganze vierzig Gläser mitgenommen, denn da gab es nicht nur sie, Florian und Finn, sondern auch die Schwiegereltern, ihre sechs Cousinen und die Freundinnen aus der Klarinettengruppe.

„Danke für die Marmelade", sagte Kleo.

„Sie hält sich mindestens ein Jahr", antwortete Jeanette.

Es klingelte Sturm, Jeanette riss die Augen auf. Sie lag nicht im Bett, sondern auf der Couch, ein kurzer Augenblick der Orientierung musste genügen, dann stand sie schwerfällig auf.

Sie hatte gerade von einem Auffahrunfall geträumt. Allerdings hatte sie selbst gar nicht im Wagen gesessen, stattdessen hatte sie auf einer Brücke gestanden und gebannt nach unten gestarrt. Es gab Rettungswagen mit viel Blaulicht und um sie herum waren immer mehr Männer mit Handys getreten, die das ganze filmten und ständig „Oh" und „Ah" sagten. Jeanette hatte im Bademantel am Geländer gelehnt und nicht gefroren.

Erneut ging die Klingel. Wie lange hatte sie geschlafen? Lange konnte es nicht gewesen sein, sie fühlte noch immer die restlichen Stücke Käse schwer im Magen liegen, die sie, eins nach dem anderen, von der Platte gepickt hatte, als Kleo schließlich gegangen war.

Ein letzter Blick an sich hinunter, nein sie trug keinen Bademantel wie im Traum, sondern war nach wie vor mit Jeans und einem schwarzen, locker sitzenden Pullover bekleidet. Ihre Wollsocken waren rot und weiß gestreift und bildeten bereits hässliche Wollknubbel, genau da, wo ihre Zehen waren. Sie stand auf und ging mühsam zur Tür. Wie alt sich Knochen anfühlen konnten.

Dunkle Augen und schwarze Locken stachen ihr entgegen. Das war nicht der Klempner von vorhin.

„Hallo, sind Sie Frau Maus?" Die junge Stimme war sorgenfrei oder war es die eines Räubers?

Jeanette öffnete den Mund, nickte dann aber bloß.

„Ich bin Carlo Schmitzer." Er deutete mit seinem langen Zeigefinger auf ein Namensschild, das mit vergilbter Plastikfolie überzogen war. Am Träger der blauen Latzhose befestigt, zeigte es nicht nur seinen Namen, sondern auch ein kleines, undeutliches Foto, auf dem man ihn dennoch anhand seiner Wuschelhaare unter Hunderten hätte identifizieren können.

„Mein Kollege war heute Morgen schon mal kurz bei Ihnen."

„Äh ja ..." Jeanette nickte. Ihre Stimme klang fremd und verwaschen.

„Genau. Und jetzt müsste ich nochmal in ihr Bad. Ungefähr zehn Minuten. Geht das?"

Jeanette öffnete die Tür und deutete ihm mit einer kurzen Geste an, hereinzukommen. Gezwungenermaßen musste sie die Klinke loslassen, an der sie in den letzten Sekunden Halt gefunden hatte.

„Sind Sie Spanier?", fragte Jeanette und folgte ihm ins Badezimmer. Was war denn das? Eine Erkältung klang belegt, sie hörte sich aber eher wie eine Schauspielerin bei der Generalprobe ihrer ersten Premiere an.

Er drehte sich um und lächelte sie an, o was lachte er freundlich. Seine Schneidezähne standen ein Stück weit auseinander, jedoch nicht so stark, das man es ernsthaft eine Lücke hätte nennen können.

„Ja, das bin ich. Meine Mutter stammt aus der Nähe von

Sevilla. Aber mein Vater kommt aus Regensburg, da bin ich auch geboren und aufgewachsen."

„Verblüffend, wirklich verblüffend", murmelte Jeanette.

„Was?", fragte er und schaute irritiert.

„Ich bin in der Küche, wenn Sie mich brauchen", sagte sie, wartete keine Antwort ab und verließ das Badezimmer. Ihr Herz schlug schnell und das alles ausgelöst durch so einen Jüngling.

Konnte es ein Zufall sein? Wie viele Jahre hatten ihre Gedanken nicht versucht, ihr Streiche zu spielen und heute direkt zweimal? Natürlich war es nicht Fernando und auch kein Verwandter von ihm. Trotzdem hatte dieser Carlo alles realistisch hervorgebracht, was sie seit Jahren tief in sich vergraben und als einziges Urlaubsfoto ganz unten im Kleiderschrank, weit unter der Unterwäsche, versteckt hatte.

Aus dem Bad nahm Jeanette laute, gluckernde Geräusche wahr. Sie stand in der Küche, schnitt Zwiebeln und weinte dabei. Anschließend halbierte sie die Zucchini, würfelte die Kartoffeln und schob alles vom Brett in die Pfanne, in der das Öl die Neuankömmlinge zischend willkommen hieß.

Kleo hatte nach ihrem damaligen Spanienurlaub noch einige Male mit Miguel hin und her geschrieben. Jeanette hatte sich nie getraut, Kleo nach Fernando fragen zu lassen. Als der Kontakt zu Miguel eingeschlafen war und Kleo für ein halbes Jahr nach Konstanz ging, denn Faust rief, hatte Jeanette ihre Freundin ein wenig gehasst.

„Hier riecht es ja gut", sagte plötzlich jemand hinter ihr.

Jeanette drehte sich um, Carlo stand nur einen halben Meter von ihr entfernt und sie brauchte nicht eine halbe

Sekunde, um sich vorzubeugen, die Augen zu schließen und ihn zu küssen.

Er reagierte nicht und sie erwachte im selben Moment, trat einen Schritt zurück und stieß mit dem Rücken gegen den Stiel der Bratpfanne. Die Abzugshaube war ohrenbetäubend laut.

„Entschuldigung", flüsterte Jeanette.

Carlo schien ratlos, nicht erschüttert.

„Entschuldige bitte vielmals." Jeanette trat einen Schritt beiseite, es musste weiterer Abstand her und der Herd war ihr rückwärts im Weg. Sie berührte ihre Lippen und fühlte etwas Warmes. Es war kein Fieber.

Carlo räusperte sich und hielt ihr ein Klemmbrett sowie einen Kugelschreiber hin.

„Ich bräuchte dann hier noch eine Unterschrift. Bitte", sagte er leise.

Jeanette nahm den Stift entgegen und unterschrieb, krakelig und kaum lesbar.

„Vielen Dank", sagte sie. „Vielen Dank für Ihre Mühe."

Und auf einmal wusste sie, was zu tun war.

# Regen, er brauchte Regen

In seiner Wohnung in Hamburg Eppendorf hatte Alex ein Morgenritual. So, wie sich andere den Kaffee zubereiteten und anschließend gemächlich ins Badezimmer schlichen, mit hängenden Schultern und Beinen, in denen das Blut erst langsam anfangen musste zu fließen, stieg Alex dreifach enthusiastischer aus dem Bett und stellte sich vor den Ganzkörperspiegel.

„Du bist ja besser ausgestattet, als jede Frau", hatte sein Kumpel Mike beim Umzug gesagt und gelacht, als er die ein mal zwei Meter glänzende Spiegelfläche vorsichtig in den viel zu vollen Fahrstuhl gestellt hatte, direkt neben den Crosstrainer.

„Ich bin FÜR die nächste Frau ausgestattet", Alex hatte gelacht und dann den Knopf gedrückt, um den ersten Teil seines Hab und Guts in die Wohnung fahren zu lassen.

Es war eine der vielen Übungen gewesen, die er aus dem Coachingbuch über Erfolgsstrategien ausprobiert hatte.

„Du kannst sie alle schlagen", sagte sein Gegenüber im Spiegel. Zuerst etwas verlegen und sich blöd dabei fühlend, doch das änderte sich schon nach wenigen Tagen. Es war lediglich eine Frage der Routine und vor allem der richtigen Einstellung.

„Du bist der Beste. Und du bist erfolgreich. Alles, was du hast, hast du verdient", sagte sein Ich im Spiegel. Mit der Zeit wurde nicht nur seine Haltung noch gerader, seine Stimme klang lauter und deutlicher als je zuvor.

War es anfangs ungewohnt und etwas peinlich gewesen,

sich täglich intensiv zu betrachten, freute Alex sich schon bald auf die morgendliche Begegnung mit sich selbst. Mal war es ein kurzes Zuzwinkern, das ihn auf einen produktiven Tag einstimmte, ein anderes Mal traf ihn sein ernster Blick, den er sonst nur bei kritischen Verhandlungspartnern anwendete. Ein wenig Strenge mit sich selbst konnte ab und an nicht schaden. Es war wichtig, sämtliche Facetten jederzeit abrufen zu können, denn wenn man nicht aufpasste, verlor man die Disziplin, der Körper die Spannung und der Kopf den Siegeswillen.

Hier draußen in der Wildnis gab es allerdings keinen Spiegel, nicht einmal anständiges, fließendes Wasser. An die mangelnden Hygienezustände konnte Alex sich gewöhnen, nicht jedoch an die unbegründete Ablehnung Hannahs, die ihn eiskalt getroffen hatte.

Hätte er einen Spiegel gehabt, wäre er ihr sicherlich anders entgegengetreten. So aber, ohne eigene, selbstsichere morgendliche Rückmeldung, fiel es ihm plötzlich schwer, er selbst zu sein.

Wieder war ein Tag vorbei und Alex körperlich erschöpft, doch sein Geist hatte noch lange keine Ruhe gefunden. Aus den meisten Schlafsäcken war bereits ein Schnarchen oder regelmäßiges Atmen zu vernehmen. Alex wandte sich hingegen von einer Seite auf die andere. Wenn er schon die Chance hatte, mit Hannah zu sprechen, da sie ausnahmsweise neben ihm lag, sollte er es auch versuchen.

„Weißt du, ich habe letzte Woche mit einer Frau geschlafen."
Leise war Alex' Stimme und die Wand des Zeltes dünn, er wollte es nur ihr erzählen. Es war so dunkel, dass Alex nichts sah, nur schwach waren die Konturen ihres Körpers erkennbar.

Hannah verriet sich, ihre Atmung ging schneller. Sie lag

auf der Seite, das Gesicht von ihm abgewandt. Doch ihre Hüfte hob und senkte sich ruheloser.

„Und im Juni, ich sage dir, wow, da gab es auch eine Frau!" In Wirklichkeit war da kein bisschen Feuerwerk bei der Begegnung gewesen, nicht einmal springende Funken. Es war routiniert und ein absehbares Spiel. Diese scheinbaren unschuldigen Gesten, ein Augenaufschlag und das Streichen der glänzenden Haare hinter die Ohren, wo lernten Frauen so etwas? Wichtiger war jedoch, wer erzählte ihnen, dass dies anziehend sei? Mit einem Mal langweilten Alex diese Absichten schrecklich und erst langsam war ihm der Verdacht gekommen, woran das lag.

„Hannah, bist du noch wach?", flüsterte er.

Was tat er hier überhaupt? Alex kam sich lächerlich vor, wie lange nicht mehr. Aber das jetzt, das war seine letzte Idee, die übrig geblieben war. Wie gerne hätte er Hannas Gesicht gesehen und somit auch, dass es ihr nämlich doch etwas ausmachte und er ihr nicht egal war. Alex wollte es ein letztes Mal versuchen, sie musste irgendwann mit ihm sprechen. „Glückwunsch", sagte Hannah und zog die Decke ein Stück höher.

Alex lächelte. Er hatte recht gehabt. So konnte er ihr endlich gestehen, was er die ganze Zeit schon hatte sagen wollen. Wenn es nur nicht so furchtbar still gewesen wäre und mit ihnen noch zwölf weitere Menschen in der Jurte gelegen hätten.

Regen, er brauchte Regen, der gegen die Plane prasselte und damit seinen Herzschlag übertrommelte. Sein Hals fühlte sich trocken an und Alex hatte Angst, ihre Antwort auf sein Geständnis nicht mehr zu hören, sondern nur noch das Pfeifen in seinen Ohren und das wilde Schlagen in seinem Brustkorb. Elefantenherden schienen vorbei zu stampfen, trompeteten, ließen den Boden vibrieren und ihn sich dabei entsetzlich klein fühlen.

Zu oft hatte er sich in den letzten Tagen vorgestellt, Hannah endlich aus der Reserve zu locken. Wenn das nun schiefging, dann war es vorbei. Zumindest hatte Alex sich das geschworen. Zum Glück war Mike nicht hier, der hätte sich über ihn totgelacht. Noch bevor Alex die erlösenden Worte der Zuneigung zu ihr aussprechen konnte, kam Hannah ihm jedoch abermals zuvor.

„Schlaf endlich, Alex. Gute Nacht."

Wieder bewegte sich ihre Decke und er hatte seinen Einsatz verpasst. Die Chance, alles zu ändern, war scheinbar vorbei. Und dann war es auch noch so finster, dass sie ihn nicht einmal sehen konnte. Äußere Umstände waren nicht zu kontrollieren, innere dagegen schon. Er zwinkerte sich zu. Meistens jedenfalls.

„Ich habe sie nicht einmal geküsst", flüsterte Alex schnell. Hannah durfte jetzt nicht einschlafen. Wäre ein weiterer Satz, der alles erklärte, sinnvoll? Aber was war schon Logik? Beim Überzeugen zählte Schnelligkeit, das hatte Alex gelernt.

„Sie habe ich nicht geküsst und auch sonst keine, seitdem ich dich bei Jenni wieder getroffen habe." So ehrlich war er zuvor niemals gewesen, nicht einmal im Beichtstuhl. Dort hatte er sich das Holz angesehen, während Ekel über ihn gekommen war. Lange Zeit konnte er Holz nicht einmal berühren, jedes Mal ließ es ihn erneut schaudern. Eine Art Phobie, die er seit der Kindheit mit sich herumschleppte. Anstrengend war es damals in der Kirche gewesen, in diesem kleinen, mit Buche verkleideten Verlies. Sein neunjähriges Ich hatte sich in diesen Minuten einzig darauf konzentriert, seine Haut nicht mit dem Holz in Kontakt zu bringen. Somit war die Ehrlichkeit passé und die Beichte der Schimpfwörter, die er gegenüber seiner Klassenkameradin Sofia gebrüllt hatte, eine Farce gewesen. Er wollte aber auch nicht beichten, dass sein Hase Ferdinand nur wegen ihm gestorben war. Warum sagte einem denn niemand, dass Tiere keine Schokolade essen durften?

Nun in der Jurte war das Bedürfnis der Beichte auf einmal präsent und dabei so stark, wie noch nie zuvor gewesen. Als Kind hatte er lediglich Albernheiten gebeichtet, heute sollte endlich Schluss sein mit den ganzen Ausflüchten. Es war Zeit für die Wahrheit.

„Ich habe im Beichtstuhl gelogen", sagte Alex. Sollten ihn doch alle hören.

Hannahs Schlafsack raschelte, sie drehte sich zu ihm herum.

„Was ist los?" Ihre Stimme und seine Atmung waren zu laut. Jetzt oder nie.

„Ja, ich habe gelogen. Ich habe damals viel mehr getan, als nur Süßigkeiten zu unterschlagen und Sofia zu beschimpfen." Alles, einfach alles wollte er Hannah offenbaren. Erzählen, immer mehr und das Ganze ohne schönen Schein, sondern lediglich die nackte Wahrheit. Sein gesamtes Leben, sein früheres und auch sein späteres, von Anfang an bis hin zum Tod, das alles wollte er mit ihr teilen.

„Bist du jetzt komplett verrückt geworden? Ich will wirklich schlafen", zischte Hannah. „Außerdem weckst du die anderen auf."

Er war nicht übergeschnappt, er hatte endlich damit begonnen das Wichtigste zu tun. Den Grundstein zu legen. Das Einzige, was ihm noch fehlte, in seinem Leben. So etwas Entscheidendes verdrängte man nicht mit Träumen. Er musste jetzt von ihr angehört werden.

„Hast du eigentlich gehört, was ich dir gesagt habe? Keine Einzige von denen habe ich geküsst, Hannah", startete er einen letzten Versuch.

„Und wenn schon", murmelte sie. Ihr Arm zog die Decke ein Stück weiter nach oben, presste den Stoff fester an ihren Körper und sie wandte sich ab.

„Ist dir das wirklich so egal?", fragte Alex.

Die Antwort war ein Schweigen, so laut wie ein Presslufthammer. Draußen war es immer noch so furchtbar still. Regen, warum war der Regen denn nicht da?

Du hast nur Angst, dachte Alex wütend, weil du hier nämlich gerade nicht wegkannst. Du hast so eine scheiß Angst, dass wenn du jetzt etwas dazu sagst, sich dann vielleicht doch etwas endgültig zwischen uns ändert.

Das hätte Alex ihr gerne entgegen geschrien, aber damit hätte er die anderen geweckt. Er wollte Hannah ja nicht verändern, sie brauchte doch keine Angst vor ihm zu haben.

Hannah hustete einen künstlichen Husten und Alex schloss erschöpft die Augen.

Als er aufwachte, lag Hannah nicht mehr neben ihm. Ihr Schlafsack war bereits ordentlich zusammengefaltet und sah unbenutzt aus, so, als ob sie die Nacht nicht neben ihm verbracht hätte.

Hannah war schließlich vor ihm eingeschlafen, ihr regelmäßiger Atem und das anschließende leise Schnarchen, hatten es ihm verraten. Wie lange er selbst wach gelegen hatte, wusste er nicht mehr. Alex erinnerte sich aber noch an das erste Gezwitscher der Singvögel, die er draußen gehört hatte. Das war der Punkt gewesen, an dem er beschlossen hatte, nun wirklich schlafen zu müssen. Viel Zeit konnte seitdem nicht vergangen sein.

Schlecht geträumt hatte er, wie ein kleiner Junge. Die Erinnerung an seinen Traum war noch nicht verblasst. Er war auf der Autobahn unterwegs gewesen, ungewöhnlicherweise hatte sich Alex auf dem Beifahrersitz befunden. Sträucher, die dunkelblau erschienen, waren an ihm vorbeigeflogen, plötzlich war ein Stauende aufgetaucht und das Auto hatte nicht mehr bremsen können.

Im Moment des Aufpralls war Alex mit einem Schrei aus dem Schlaf hochgeschreckt. Zum Glück war zu diesem Zeitpunkt niemand anderes mehr in der Jurte gewesen. Unter seinem Rücken spürte er durch die Isomatte hindurch die harte Erde. Er tastete vorsichtig nach seiner linken Schulter, die leicht schmerzte. Er musste aufstehen, er konnte nicht weiter wie ein Invalide zurückbleiben. Im Büro war er schließlich auch immer der Erste am Morgen und der Letzte, der das Boot verließ. Wie ein Kapitän. Volle Kraft voraus. Hier jedoch gab es eine andere Crew. Sie segelten nicht in gewöhnlichen Gewässern. Alex öffnete mühsam den Schlafsack und erhob sich. Er streckte seine Arme in die Luft, seine Gelenke knackten.

Viele aus der Gruppe saßen bereits wenige Meter von ihm entfernt um ein kleines Feuer herum. Fast alle hielten Tassen mit dampfender Flüssigkeit in den Händen und unterhielten sich leise miteinander. Hannah war nicht unter ihnen. Alex wollte schon zu ihnen herüberlaufen, doch ein modriger Geruch hielt ihn zurück. Er senkte den Kopf und roch an seinem T-Shirt. Es fühlte sich nicht nur feucht an, es stank auch nach seinem Albtraum. Adrenalin und Schweiß, sowie ganz viel Angst, hatten sich in die Fasern gefressen. Alex ging zurück in die Jurte und zu seinem großen Rucksack, griff sich seinen schwarzen Kulturbeutel aus

Echtleder und nahm sich die letzte frische Kleidung, die er dabei hatte. Am Abend würde er, an welcher Wasserquelle auch immer, seine verschwitzten Sachen durchwaschen müssen, damit sie über Nacht trocknen konnten. Durch den geöffneten Spalt am Zelteingang zog die angenehme Morgenluft herein. Es war noch früh und dennoch nicht mehr kalt, es würde ein herrlicher Tag werden, genau wie es die vergangenen drei bereits gewesen waren.

Nachdem Alex zurück an der frischen Luft war, spürte er jede Faser seines Körpers. Die Arme über den Körper gestreckt, hatte er beinahe das Gefühl, tatsächlich auf dem richtigen Weg zu sein. Hatte er sich diesen Trip so ausgemalt? Seine Vorstellungen, wie es denn sein könnte, da draußen und unterwegs, waren stets verblendete Bilder gewesen, doch hatten sie keinen Geschmack besessen, es gab weder Gerüche noch Körperlichkeit. Alex hatte das Blau von den Seen und Gewässern bildlich vor Augen gehabt und dabei trotzdem niemals die Klarheit und Kälte des kristallartigen Wassers gespürt. Er hatte die Stämme der Bäume sicherlich so groß vermutet, doch nicht geahnt, wie lebendig sie sich anfühlten, wenn man die atmende Rinde berührte. Das hier war ein Lebensraum, ganz und in echt und nicht zu vergleichen mit dem vertrauten, toten Holz, das sonst sein Feindbild verkörpert hatte. All die verblendeten Bilder waren jedoch nichts gegen Hannahs Anwesenheit. Ihre alltägliche Gegenwart machte ihn glücklich, auch wenn sie es selbst noch nicht wahrnahm. Alex war sich sicher, die Erkenntnis ihrerseits war nur eine Frage der Zeit.

„Hey! Guten Morgen! Willst du einen Kaffee?", rief Jörn ihm vom Feuerplatz aus zu und winkte.

„Nach der Dusche gerne!" Alex hielt demonstrativ seine

Waschsachen in die Luft, winkte kurz und ging den kleinen Pfad Richtung Weiher hinunter. Was würde Mike wohl
denken, wenn er ihn jetzt so sehen könnte? Wahrscheinlich würde sein Kumpel und jahrelanger Kollege lachen,
dann ein „Netter Versuch, Alex", hinterher schieben und
ihn anschließend fragen, wann er vorhätte, wieder normal
zu werden.

Den letzten Sommer hatte Alex gemeinsam mit Mike auf
Zypern verbracht. Sie wollten ein bisschen ausspannen
vom Alltag, der Großstadt und den laufenden Projekten.
Dieser Urlaub wäre für Mike sicherlich keine Erholung gewesen, hier gab es weder Liegen noch Cocktails und auch
keine klassischen Partys. Stattdessen wanderten sie voll
bepackt durch alles, was beinahe nur noch als Motiv auf
Postkarten übrig geblieben war, in der eigenen Realität
aber scheinbar nicht mehr zu existieren schien. Selbst sein
Handy hatte Alex schweren Herzens nicht eingepackt und
vermisste es sonderbarerweise überhaupt nicht.

„Komplett ohne Handy? Das schaffst du keine zwölf Stunden", war Mikes Prophezeiung gewesen. Heute war bereits
Tag vier.

Auf dem Weg zum Weiher kam ihm Martina entgegen-
gelaufen. Sie lächelte, ihre Haare waren nass und ihr Gesicht war aufgrund der niedrigen Wassertemperatur ganz
rot. Als Alex sie am zweiten Tag während der Wanderung
nach ihrem Alter gefragt hatte, da hatte sie nur gelacht.

„So ist der Neue also. Will wissen, wo ich im Leben stehe."
Mit dieser Reaktion hatte Alex nicht gerechnet gehabt. Was
war denn so schlimm daran, jemanden kennenlernen zu
wollen? Dafür waren gewisse Grunddaten wie das Alter
nun mal von Vorteil. Seit er hier in dieser Gruppe war,

hatte Alex jedoch öfter das Gefühl, die falschen Fragen zu stellen.

„Gib mir das Alter, das du mir geben möchtest", war Martinas Antwort gewesen. „Ich möchte mich nicht mehr mit Zahlen beschäftigen." Sie hatte nochmal aufgelacht und war zügig weiter gegangen.

Alex hatte nicht einschätzen gekonnt, ob er sie beleidigt hatte. Doch jetzt, wo sie fröhlich auf ihn zukam, wusste er, dass alles okay war zwischen ihnen.

„Hallo Alex, gut geschlafen?" Martina blieb kurz vor ihm stehen.

Ihm gefielen ihre glänzenden Augen. Ehrlich und offen strahlten sie ihn an, als wäre sie ernsthaft mit sich selbst zufrieden. Alle aus der Gruppe wirkten ruhend in sich selbst. Auch er konnte andere von sich überzeugen, aber auf einmal war Alex sich nicht mehr sicher, ob seine Augen dabei ebenfalls so leuchteten. Nach langen Arbeitstagen hatte sich sein Gesicht nicht selten verkrampft angefühlt.

„Danke, nicht wirklich und dazu viel zu kurz." Alex fuhr sich verlegen über den Kopf. Er klagte anderen normalerweise niemals sein Leid. Neben dem Spiegel war auch das ein Tipp gewesen: Wenn du nicht über deine Beschwerden sprichst, verschwinden sie ins Nichts. Was gab es Blöderes als bedauernde Blicke? Mitleid machte einen doch erst richtig nieder.

„Ist das Wasser sehr kalt?", fragte Alex deshalb schnell. Martina schüttelte demonstrativ den Kopf. Die Haarsträhnen flogen wie Pfeile in alle Richtungen, sodass einzelne Wassertropfen sein Gesicht erwischten.

Alex kniff für einen Moment lang die Augen zusammen. Nass war es zwar, aber nicht unangenehm. Er blinzelte Martina entgegen. Schemenhaft erkannte er Hannah, die plötzlich hinter ihr auftauchte, ebenfalls mit triefenden Haaren und einem dunkelbraunen Bademantel bekleidet.

„Morgen", brummte die Bärin im Vorbeigehen.

Alex widerstand dem Drang sich umzudrehen, ihr nachzuschauen, sie festzuhalten und an sich zu drücken.

„Wie du siehst, es ist nicht kalt. Nur frisch," riss ihn Martina aus seiner Trance.

„Es waren sogar schon einige von uns heute Morgen schwimmen." Sie nickte Richtung Hannah, die zügig den leichten Hang hinaufstapfte.

„Beeil dich, sonst gibt es kein Frühstück mehr, wenn du zurück bist." Martina berührte kurz seine Schulter, rief gleichzeitig „Hannah warte", und lief ihr hinterher. Martina hatte sie nach wenigen Metern eingeholt.

Hannah sagte etwas zu Martina, lachte und ging dann gemeinsam mit ihr weiter Richtung Lichtung, auf der ihre Jurte stand. Nicht einmal hatte sie ihn angeblickt.

Alex seufzte und folgte dem Pfad zum Wasser hinunter. Schließlich rannte er los. Er konnte das glitzernde Blau bereits sehen. Wie in den Winnetou Filmen, die er als Kind hunderte Male angesehen hatte, nahm er die Geschwindigkeit Old Shatterhands auf.

Außer Atem legte Alex seine Sachen auf einem etwas größeren Felsen ab, der von der Sonne bereits gewärmt wurde. Er war der Einzige, der noch hier unten zu sein schien. Alex zog sich komplett aus und ging über die kleinen Kieselsteine immer weiter bis zum Rand des Wassers. Die Spiegelung der Wasseroberfläche zeigte Alex einen verschwommenen Anblick dessen, was er sonst tagtäglich intensiv vor dem eigenen Spiegel wahrnahm.

Er sah an sich hinunter. Fein definierte Muskeln zeichneten sich über seinen Oberkörper, das jahrelange Training im Fitnessstudio hatte sich ausgezahlt. Außerdem war seine Haut leicht gebräunt durch die im Studio eigens vorhandene Sonnenbank. Ungewohnt erschien ihm lediglich sein neuer Viertagebart. Fast wie ein Ranger wirkte er, beinah sah er aus wie ein Überlebender nach einem massiven Kampf. Hannah konnte sich wirklich nicht beschweren, er war attraktiv, das konnte sie nicht leugnen.

Alex watete nach vorne, bis er bis zu den Knien die Kälte fühlte – es war mehr als frisch. Hätte man ihn gefragt, dann hätte er die Temperatur als eisig bezeichnet. Doch er hatte schon in den vergangenen Tagen bemerkt, dass die Gruppenmitglieder eine Veranlagung zur Untertreibung zu haben schienen. So passierte es am zweiten Tag, dass Alex höllisch schmerzende Blasen an den Füßen hatte und sein Rücken dazu wie Feuer brannte. Als er nach den verbleibenden zu absolvierenden Kilometern fragte, wurde er von Jörn beschwichtigt: „Nein, der Rest der Tagesetappe ist wirklich nicht mehr weit." Dass es sich dabei um weitere sechs Kilometer handelte, hatte man ihm nicht gesagt. Vielleicht war es im Nachhinein betrachtet sein Glück gewesen, er wusste nicht, ob er sich bei einem Wissen um die tatsächliche Entfernung nicht einfach an den Wegrand gesetzt hätte, um auf ein Taxi zu warten.

Die Kälte wurde trotz des Ausharrens nicht weniger, sein gesamter Körper zitterte.

Komm schon, kurz und schmerzlos, dachte er, drückte seine Füße unter Wasser wie automatisch vom Kieselboden ab und kippte nach vorne ins Eis. Einen Moment lang ging Alex komplett unter, tauchte befreit auf, schrie und schüttelte sich. Wassertropfen fielen auf die wellige Oberfläche und Alex setzte sich in Bewegung. Die ersten Schwimmzüge bibberte er noch, dann merkte er jedoch, wie seine Muskeln sich langsam entkrampften. Die Sonne schien aufs Wasser und spendete ihm zusätzliche Energie. Die Dämonen der Nacht und all seine Zweifel waren mit dem Mond untergegangen. Hannah ignorierte ihn nicht. Sie versuchte es zwar, doch vorhin hatte sie kurz zu ihm gesehen, ihr Blick hatte seinen eigenen einen Moment lang gestreift, bevor sie sich verlegen an Martina gewandt hatte. Alex hatte es genau bemerkt. Ja, Hannah konnte ihm nichts vormachen. Wegen ihr war er hergekommen, mit ihr würde er sich nach dem Urlaub gemeinsam in Richtung Hamburg aufmachen. Er war gespannt, wie sie lebte und wie ihr Alltag aussah.

Wie sehr er sich auch anstrengte, er erinnerte sich an nichts, was sie früher begeistert hatte. Hannah war eine gute Schülerin gewesen, nicht mehr und nicht weniger. Sie hatte sich oft gemeldet, leider hatte Alex in der Schule generell kaum zugehört und privat unterhalten hatten sie sich auch nie miteinander. Das waren nicht gerade viele Informationen, mit denen er nun arbeiten konnte. Wobei, die Hannah von heute hatte mit der Schülerin von vor 13 Jahren kaum noch etwas gemeinsam. Einzig vielleicht die Augen, die sich für scheinbar alles interessierten außer ihn, aber sonst?

Alex schwamm immer schneller. Mittlerweile war er vom Brustschwimmen in den Schmetterlingsstil gewechselt und hatte schließlich die Mitte des Sees erreicht. Es genügte für diesen Morgen, es war Zeit, umzukehren.

Als Alex Richtung Ufer schwamm, sah er Britta und Dirk aus Bremerhaven, die dabei waren ins Wasser zu gehen. Wären sie nicht Teil der Gruppe, er hätte mit den zwei Verrückten in seiner gewohnten Umgebung sicherlich kaum ein Wort gewechselt. Doch er hatte schon bald verstanden, dass auch sie ihren Part zur Gruppendynamik beitrugen. Eine Unternehmensphilosophie gab es nicht nur in der Wirtschaft, sondern in jeder menschlichen Gruppe, selbst, wenn sie nur aus zwei Personen bestand. Alex war sich sicher, unter Garantie, die zukünftige Philosophie von Hannah und ihm würde mächtig sein und glanzvoll. Sie würden alles zusammen erreichen können.

Als er zur Jurte zurückkehrte, saß nur noch Jörn am Feuer.
Er grinste, als er Alex' gerötete Wangen bemerkte. „Tut gut, oder? Besser als jede Dusche, was?"
Alex nickte und ließ sich neben ihm auf dem Baumstumpf nieder. Sein Kopf war klar und seine Knochen wach, es konnte losgehen, er fühlte sich bereit für den Tag.
„Ich verändere mich", murmelte er. Eine Feststellung, die er nicht hatte laut aussprechen wollen, doch Jörn nickte wie selbstverständlich.
„Ja, wir kommen alle von irgendwoher, aber hier treffen wir uns und sind schließlich alle gleich. Das mag ich so. Frag mal Martina, Flo oder Markus, denen geht es genauso wie mir. Jedes Jahr aufs Neue spüren wir das." Jörn biss in seinen grünen Apfel, den er zuvor immer wieder von einer Hand in die andere geworfen hatte. Er kaute, schluckte, kaute weiter und sagte dann mit vollem Mund: „Und jeden Sommer übertrifft es sich ein bisschen mehr."
Alex wusste nicht, ob er im nächsten Jahr wiederkommen würde. Aber er glaubte Jörn. Das hier machte etwas mit einem. In Hamburg, da hatte er keinen natürlichen Rhythmus mehr gespürt. Es hatte nur den Wecker gegeben, das Arbeiten und die viel zu kurzen Mittagspausen. Das

Kontrastprogramm erlebte er nun. Das Schlafen auf der Erde, das lange Wandern und das Aufwachen mit der Natur, fühlten sich zwar anstrengend, aber auch richtig an.

Dann entdeckte er Hannah. Sie stand leicht abseits und war kurz von Martina verdeckt gewesen, doch nun sah er sie, wie sie nacheinander Kleidungsstücke in ihren Rucksack verstaute. Eine Strähne fiel ihr beim Vorbeugen immer wieder ins Gesicht, die sie pustend vertreiben wollte.

„Hannah und du, ihr kennt euch gut?", fragte Jörn.

Alex seufzte. Nie war er ein Seufzender gewesen, ein Klagender, doch Hannah ließ ihn zu einem solchen werden. Hin und her zwischen Hoffnungen und Zweifeln, Resignation und Mut und Glaube und Höhenflügen und Herzstolpern und alles total bescheuert finden und sich sagen, dass sie überhaupt nicht zu ihm passte und er kein unsicherer Teenager mehr war. Das aber war er nun alles doch wieder und noch viel mehr, seit er Hannah in dieser Küche bei Jenni getroffen hatte.

„Nein, wir kennen uns nicht gut." Wie gerne hätte Alex etwas anderes behauptet. Nüchtern klang seine gegebene Antwort. Er war niemand, der verneinte. Eigentlich sagte er stets selbstbewusst, laut und deutlich „Ja!"

Jörn wartete auf weitere Erklärungen, aber die konnte Alex ihm nicht geben. Er verstand das Ganze ja ebenfalls nicht, dazu sich selbst nicht mehr und Hannah am allerwenigsten. Wer waren sie denn? Sie hatten zwei Jahre die gleiche Klasse besucht und fast nie miteinander gesprochen. In ihrer Heimatstadt waren sie sich nach der Schulzeit nicht wieder begegnet. Schließlich war Alex nach Berlin gezogen, hatte Jahre dort verbracht, die laut und aufregend waren. Dann, als die Hauptstadt anstrengender und jünger wurde als er selbst, war er Mike, den er in Berlin kennengelernt hatte, in ein erfolgversprechendes Unternehmen nach Hamburg gefolgt. Dass er in der Hansestadt eines Nachts Hannah auf einer beliebigen Party treffen würde, hatte er nicht ahnen können. Noch weniger allerdings, was diese Begegnung in ihm ausgelöst hatte. Seitdem war etwas passiert und es hörte nicht mehr auf und langsam hatte Alex genug davon.

Hannah lachte laut, der Hall klang bis zu ihnen herüber. Alex wollte sich nicht vorstellen, wie sie über ihn lachte.
Hannah schulterte ihren Rucksack und folgte Martina, die sich geradewegs auf die versammelte Gruppe zubewegte.
Jörn und er würden wohl wieder das Schlusslicht der Wanderer bilden, doch das war Alex ganz recht. Ein bisschen Abstand von allem und sich überlegen, wie er ein Gespräch mit Hannah beginnen sollte, das nicht nur einsilbig und abweisend war, das brauchte er jetzt. Und Jörn konnte ihm hoffentlich dabei helfen.
„Wir sind gemeinsam zur Schule gegangen" begann Alex.
Mike hatte es all die Monate nicht verstanden. Also erzählte er ihm nichts mehr. Mike hatte den Kopf geschüttelt, etwas von komischer Phase gesagt und ihn gebeten, endlich wieder einmal mit ihm auf die Reeperbahn zu gehen.
Somit hatte Alex aufgehört, ihm von Hannah zu erzählen.
Doch hier in der Früh, nach dem Morgentau und noch vor der Mittagshitze war es richtig, jemandem, der sich scheinbar nicht belustigen wollte, von dieser wundersamen Begegnung nach Jahren zu berichten.
Jörn hörte ihm zu, ohne ihn zu unterbrechen. Und Alex fühlte sich endlich verstanden.
Als er endete, fiel ihm auf, dass die gesamte Gruppe bereits verschwunden war.

Jörn hatte oft gelächelt in den vergangenen Tagen, eigentlich immer, das war Alex schon aufgefallen. Doch niemals zuvor hatte so etwas Verständnisvolles darin gelegen, wie an diesem Morgen, als er ihm von Hannah erzählte.

„Du magst sie wirklich, was?" Jörn stand auf. „Komm, es ist Zeit, die anderen einzuholen." Er schulterte seinen Rucksack und Alex erhob sich ebenfalls. Ja, es war Zeit, zur Gruppe zurückzukehren.

Am späten Nachmittag war Alex Schmerzgrenze erneut erreicht. Zwei Blasen hatte er am Abend zuvor verarztet, gleich würde eine dritte dazukommen. Er stöhnte schwerfällig und sah zu Jörn, der neben ihm ging.

„Du hältst wirklich gut durch für einen Anfänger", meinte dieser aufmunternd.

„Ach ja?" Alex pustete keuchend die Luft aus. Jörn war ein schlechter Lügner. Sie waren seit Stunden unterwegs und die letzte Rast hatte nicht zur gewünschten Erholung beigetragen, im Gegenteil. Erst hatten die Bienen ihn nicht in Ruhe gelassen, sodass Essen keine Kräftigung verlieh, sondern lediglich zum Kraftakt als solches wurde. Als er anschließend den Rucksack auf das klatschnasse Shirt schnallte und die einschneidenden Riemen auf den Schultern wieder zu spüren waren, wurde sein Blick immer düsterer.

Waren er und Jörn am Morgen beim Wandern in das ein oder andere Gesprächsthema vertieft gewesen, so waren es nun nur noch kurze Sätze, angestrengte Gesprächsbrocken, die ab und an zwischen ihnen gewechselt wurden. Zum Glück liefen sie, im Gegensatz zum Vormittag, nun weitgehend im Schatten. Hochgewachsene Nadelbäume um sie herum versuchten Frieden zu stiften, ab und an hörte man das Klopfen eines Spechts, ansonsten war es still.

„Siehst du, da vorne wird es heller, unser nächstes Nachtquartier ist nicht mehr weit." Jörn schlug ihm kameradschaftlich auf den Oberarm.

Alex konnte nur nicken, denn es ging leicht bergauf und er war schon seit einer Stunde aus der Puste. Gleich hatten sie es also geschafft. Erst die Jurte aufbauen, die glücklicherweise bei jedem Standortwechsel von einem Organisationsfahrzeug vorab an den kommenden Platz gebracht wurde, und dann noch Feuermachen. Sie waren kurz vor ihrem Tagesziel, es war nicht mehr weit, die Lichtung war in Sicht. Und doch erschienen für Alex in diesem Moment die vorliegenden Aufgaben wie ein hoher Berg, bei dem er nicht einmal mehr das erste Basislager erreichen würde.

„Jetzt nicht aufgeben, Alex", sagte Jörn. „Niemals aufgeben."

Wie immer war der Abend am Feuer schneller vergangen, als jeder Spielfilm, als jeder Serienmarathon. Jeweils zwei Personen aus der Gruppe kochten pro Tag für alle und heute waren Sarah und Theo an der Reihe gewesen. Theo, der seinen Lebensunterhalt als Koch verdiente, hatte Alex friedlich gestimmt mit einem Essen, das so gut und fein gewürzt war, dass er sich beinah wie in einem Sternerestaurant gefühlt hatte. Theo hatte ihm erzählt, dass er jahrelang auf einem Kreuzfahrtschiff angeheuert gewesen war, aufgrund seiner zu pflegenden Mutter dies aber hatte aufgeben müssen.

„Wie schaffst du das?", hatte Alex ihn gefragt. Sein eigener Arbeitstag betrug auch des Öfteren zehn bis zwölf Stunden, doch im Gegensatz zu Theo hatte er danach wirklich Freizeit und keinerlei Verpflichtungen.

„Es muss halt gehen", hatte Theo gesagt und dabei zufrieden auf Alex leergegessenen Teller geschaut.

Der Abend und das Essen waren gut gewesen und Alex hatte sich nach und nach entspannt gefühlt. Mittlerweile war es allerdings Viertel vor drei und er schlief wieder einmal nicht ein. Missmutig schaute er auf seine Armbanduhr, die neben seinem Kopf lag. Die Minuten vergingen, unaufhaltsam und völlig desinteressiert daran, dass Alex die Zeit zum Schlafen brauchte. Dazu ein ständiges, nervendes Grillenzirpen und die juckenden Mückenstiche. Ganze achtmal hatten sich Insekten tagsüber an seinem Körper zu schaffen gemacht, eine Stelle, direkt am Ellbogen, hatte es besonders schlimm getroffen. Ein weiteres Kratzen und er würde mit Sicherheit bluten.

In dieser Nacht lag Hannah nicht neben ihm, sie hatte sich rechtzeitig einen Schlafplatz weit weg von ihm gesichert. Doch auch dies schien nichts daran zu ändern, dass sein Körper sich zwar kaputt und ausgelaugt, sein Geist sich jedoch unruhig und nervös anfühlte. Markus schnarchte neben ihm seelenruhig und auch die anderen schienen bereits zu schlafen. Warum war er der Einzige der Gruppe, der in keiner Nacht zur Ruhe fand?

Alex setzte sich auf und trank einen Schluck lauwarmes Wasser. Er vermisste seinen Kühlschrank, er hatte schon wieder Hunger und hätte alles für ein Steak getan. So gut Theo gekocht hatte, so wenig hatte es allerdings für jeden Einzelnen bei der Portionsgröße gegeben.

Alex sah hinüber zu Hannahs Schlafsack, der sich schräg und drei Plätze weiter von seinem befand. Auch sie schien zu schlafen. Natürlich war ihm bewusst, dass es wohl die einmalige Notsituation der letzten Nacht verschuldet gewesen war, Hannah neben sich zu wissen. Die anderen hatten schneller ihre Schlafsäcke in Position gebracht, sodass nur noch zwischen ihm und Markus ein Platz frei gewesen war. Heimlich hatte er trotzdem gehofft, sie würde eventuell eine weitere Nacht neben ihm liegen.

Alex schwitzte immer stärker. Schließlich öffnete er den Schlafsack und stand auf. Alle wie sie hier lagen, friedlich und selig, so, als ob sie keinerlei Probleme hätten, wussten nichts. Sie schnarchten laut und träumten scheinheilig. Wo war er nur gelandet?

Alex ging ins Freie. Er gehörte nicht dazu und gleichzeitig konnte er nirgends hin, das wurde ihm schlagartig bewusst. Zu Hause, da hätte er sich vor den Rechner gesetzt, online gab es immer etwas zu tun. Doch diese Schlafgespenster da drinnen, die hatten es nicht nötig, sich die Nacht um die Ohren zu schlagen.

Das Licht des Vollmonds erinnerte Alex an die zahlreichen Arbeitsstunden, die er viele Nächte lang in den letzten Monaten absolviert hatte. Für einen kurzen Moment überlegte er, Jörn zu wecken. Er war der Einzige, in dessen Gegenwart er sich wohl und akzeptiert fühlte. Die anderen hatten ihn zwar auch freundlich aufgenommen, aber Jörn schien ihn wirklich zu verstehen. Mehr als Mike nach sieben Jahren. Alex schluckte. Schon jetzt schien es ihm fraglich, wie er wieder in sein altes Leben zurückkehren sollte? Das hier, ein Leben in den Tag hinein mitten in der Natur, das war nicht richtig für ihn. Gleichzeitig fühlte sich Hamburg ebenfalls fremd an. Auf der einen Seite gab es da das Sehnen nach dem vertrauten Leben, auf der anderen Seite wusste Alex, dass sich alles zu verändern begann. Er begann sich zu verändern.

Nachdem Alex eine Weile unentschlossen vor der Jurte gestanden hatte, setzte er sich schließlich hin. Der Boden war feucht. Alex zupfte an einem Büschel Gräser, das doch schon ziemlich trocken war. Wurden die Sommer mit jedem Jahr heißer oder hatte er das bisher bloß nicht mitbekommen? Nicht mal ein Buch hatte er eingepackt, über dem er hätte einschlafen können. Wobei er aktuell eh nichts las und das seit Jahren auch nicht getan hatte. Literatur war etwas für die Schwachen, diejenigen, die sich vor der Wirklichkeit drückten. Leute, die sich davon träumten und auf lächerliche Weise glaubten, Lebenserfahrung durch Fiktion ersetzen zu können. Das war für ihn schon immer Zeitverschwendung gewesen. Wahrscheinlich hatte er deshalb seit der Schulzeit keinen Roman mehr gelesen. Das war doch alles Mist.

Er stand auf und lief ein paar Meter Richtung Waldrand. Es wurde direkt finster am Ende der Lichtung und Alex unschlüssig, ob er nun weiter in das Unbekannte vordringen sollte oder nicht. An seinem Handy hätte er wenigstens eine Taschenlampe gehabt, aber so befand er sich in völliger Dunkelheit. Wie beabsichtigt, raschelte es in diesem Moment ganz in der Nähe. Zusammenzucken, das wollte er nicht.


Am fünften Tag fiel Alex das lange Gehen bereits leichter. Seine Waden taten ihm zwar immer noch weh und die Blasen rund um seine Füße hatte er auf Martinas Ratschlag hin aufgestochen, aber er gewöhnte sich an die Schmerzen. Bei jedem Schritt traf offenes Fleisch auf die kratzige Wolle seiner Socken und verursachte ein höllisches Brennen, doch es diente einem Zweck, denn selbst Hannah hatte sich am Morgen nach seinem Wohlbefinden erkundigt. Martina hatte ihr wahrscheinlich erzählt, wie kämpferisch er sich schlug, wie stolz sie auf ihn sein konnte.

„Es geht schon, danke Hannah", hatte er gesagt und ihr

zugelächelt. Natürlich hatte niemand ihm einen Vorwurf des Selbstverschuldens gemacht, auch wenn Alex mittlerweile erkannt hatte, dass sein Zustand wohl ein Stück weit in seine eigene Verantwortung fiel. Als Einziger hatte er nicht in Trekkingschuhe investiert, das wurde ihm nun zum Verhängnis. Die Turnschuhe mit der dünnen Sohle und dem silbernen sportlichen Streifen entlang des Knöchels hatte er seit Jahren nicht getragen. Nun rächten sie sich an ihm, drückten sich in sein Fleisch und erinnerten ihn bei jedem Schritt daran, dass er sie vorher besser noch einmal anprobiert hätte.

Jörn hatte ihm den Rat gegeben, sich einen großen Stock zu besorgen, um sich abstützen zu können. Alex hatte diesen Vorschlag zunächst albern gefunden und dankend abgelehnt, nun musste er jedoch erkennen, dass es der beste Tipp seit langem war und gar nicht so dumm aussah, wie er befürchtet hatte.

Die Gruppe passierte an diesem Tag die Grenze. Das „Willkommen in Österreich"-Schild blickte hämisch auf Alex herab, denn ihn hießen höchstens die Mücken willkommen. Was für eine Plage! Die Biester stachen in seinen Hals, eine traf sogar knapp die empfindliche Haut direkt unterhalb seines Auges. Das würde eine unschöne Beule werden.

Sie liefen ein Stück an der Landstraße entlang, Autos fuhren im Stau und in Schrittgeschwindigkeit an ihnen vorbei. Alex schmeckte Benzin auf der Zunge und fühlte Feinstaub in seiner Nase. Die Sonne brannte, er hoffte, keinen Sonnenstich zu erleiden. Erstmals wünschte er sich zurück in den schattigen Wald. Die Gedanken wurden langsamer und begannen sich zu drehen. Das konnte nicht gesund sein. Der Teer schien zu schmelzen, jegliche Tiere, außer die Mücken, hatten sich verkrochen.

Als sie zur Mittagszeit Rast machten, hatte Jörn sich zu Hannah und Martina gesetzt.

Alex wollte aufstehen, hingehen und irgendetwas Witziges sagen, um nicht mehr der Snob oder Spinner zu sein, den Hannah scheinbar in ihm sah, doch irgendetwas hielt ihn zurück. Auch alle anderen waren mit sich beschäftigt, sodass er sich zurücklehnte und die Augen schloss. Der fehlende Schlaf überkam ihn für Sekunden.

„Magst du einen Apfel haben?" Hannah stand vor ihm und hielt einen roten Apfel direkt vor sein Gesicht.

„Wenn er nicht vergiftet ist."

Hannah verdrehte die Augen, ließ den Arm sinken und wollte sich abwenden, doch Alex war schneller.

„Jetzt warte halt", er umfasste ihr Handgelenk, bis sie seinen Blick erwiderte.

„Danke, den hätte ich gerne", sagte er, nickte und nahm die Frucht entgegen.

„Wie kannst du hier bei dieser Hitze schlafen?", fragte Hannah.

Alex zuckte mit den Schultern. „Wahrscheinlich durch die ungewohnte Anstrengung, schätze ich mal. Du machst das übrigens echt gut."

In diesem Moment trat Martina neben sie.

„Ich wollte euch nur Bescheid sagen, wir laufen gleich weiter."

Bisher hatte Alex Martina ganz nett gefunden, doch ihr Timing war wirklich unterirdisch schlecht. Hannah nickte und Alex biss in den Apfel. Dieser war gegen seine Erwartung wahnsinnig sauer und er musste sich zusammenreißen, um seinen Mund nicht zu verziehen, während Hannah ihn beobachtete und sich ein Lachen nur schwer verkneifen konnte.

An diesem Abend hatte er gemeinsam mit Jörn das Feuer entzündet, sie hatten Pilze auf Spieße gesteckt und in den Flammen gebraten.

„Ich will etwas singen", sagte Martina nach dem Essen.

Sarah klatschte in die Hände. „Unbedingt, das ist eine super Idee. Hat irgendjemand Vorschläge?"

Nacheinander hörte man Titel von Volksliedern, neuen Popsongs oder auch Gospels.

„Was ist mit dir?", fragte Jörn und sah fragend zu Alex.

„Nichts für mich", murmelte er und sah sehnsüchtig zur Jurte. „Ich glaube, ich sollte endlich mal richtig schlafen."

„Schließ dich nicht aus", antwortete Jörn, aber Alex schüttelte den Kopf.

„Sei mir nicht böse, das ist mir dann doch zu viel." Mit diesen Worten nickte er einmal in die Runde, wobei niemand sein Verabschieden bemerkte, da es gerade eine Diskussion um die Beatles und ABBA gab. Wie lange er kein Konzert mehr besucht hatte, wie wenig er Musik hörte.

Eigentlich nur noch beim Sport, dachte er und betrat das Zelt.


Er hatte die ersten Klänge von „Yesterday" gehört, dann war er tatsächlich eingenickt. Nun, keine drei Stunden später, war er wieder erwacht. Seltsamerweise fiel ihm als Erstes der glänzende Pausentisch ein, an dem er und Marvins morgens um elf gewöhnlich saßen und zusammen den zweiten Kaffee tranken. Dort lagen immer sämtliche aktuellen Geschehnisse in Form von Magazinen und Zeitungsblättern ausgebreitet vor ihnen. Hier bekam man nichts mehr von der Außenwelt mit. Keine Nachrichten, kein Weltgeschehen. Ja, nicht einmal eine einfache Tageszeitung gab es.

Allein die Dunkelheit war das Vertraute, die ihn wieder einmal umhüllte, und ein Zirpen, das ihn abermals am erneuten Einschlafen hinderte.

Und nächtlich grüßt das Murmeltier, dachte Alex und stand auf. Wieder krampfhaft zu versuchen in die Träume zu flüchten, das hatte keinen Zweck.

Draußen war es wärmer als am Abend zuvor. Und noch etwas war anders.

Keine fünf Minuten später, nachdem sich Alex vor die Jurte gesetzt hatte, trat eine weitere Person ins Freie. Jörn. Er sah zu Alex und wirkte dabei deutlich verschlafener als Alex selbst.

„Hab ich doch richtig gehört", meinte Jörn. „Du schläfst nicht." Er setzte sich neben ihn.

Alex nickte. Zu Hause ging er nie vor Mitternacht ins Bett. Dass sich hier alle bei Einbruch der Dunkelheit hinlegten, daran würde er sich wohl nicht so schnell gewöhnen. Alex war froh, dass Jörn da war, und wusste gleichzeitig nicht, was er ihm sagen sollte.

Schön wäre es gewesen, wenn Mike jetzt hier mit ihnen sitzen würde. Mike hätte sicherlich Wein mitgehabt, sie könnten anstoßen und lachen und es würde zu einem Fest werden, alle wären dabei und würden feiern.

„Alex, was ist los?" Jörn hatte seine Hand auf seine Schulter gelegt, doch Alex schüttelte sie ab. So schlimm stand es noch nicht um ihn.

„Eigentlich nichts", er zögerte. „Ich weiß auch nicht."

„Komm mit!". Jörn erhob sich, scheinbar so, als ob er einen Plan hätte.

Barfuß spürte Alex die feuchte Wiese, die Steine und die unzähligen kleinen Äste. Noch schlimmer als am Nachmittag schmerzten seine Waden, brannten seine Blasen am Fuß, verweigerte sich sein Körper. Viel erkannte er nicht, doch Jörn schien eine sichere Orientierung zu haben. Alex sah nach oben. Hier draußen war der Himmel dunkler, irgendwie leuchteten die Sterne heller. Beinah, als wären sie in einer Wüste.

Sie gingen nicht so schnell wie am Mittag, dennoch kostete es Alex enorme Kraft und gerade, als er Jörn fragen wollte, wann sie da wären, rannte er gegen ihn. Unerwartet war Jörn stehengeblieben. Der Jurte lag direkt vor ihnen.

„Wir sind wieder hier? Was soll denn das? Wir sind nicht ernsthaft im Kreis gelaufen?" Jede Frage war überflüssig, es war offensichtlich.

„Na ja nicht direkt im Kreis, eher im Ei." Jörn lächelte, hörte damit aber auf, als er Alex fassungsloses Gesicht im Mondlicht erahnte.

„Was hast du erwartet?", fragte Jörn, sichtlich überrascht.

„Keine Ahnung. Ich dachte, du wolltest mir was Interessantes zeigen." Alex war zu müde und erschöpft, seine Wut ging in einem Gähnen verloren.

„Ich denke, das, was ich wollte, habe ich erreicht."

Alex schüttelte den Kopf. Sie waren nicht mehr bei Sinnen. Sein Schlaf war nicht mehr zu retten. Was für eine hirnrissige Idee diese ganze Wild Camp Idee doch war, die er als Gesprächsfetzen von Hannah auf der Party zufällig gehört hatte. Wie dumm es war, sich einfach ebenfalls für diesen Trip anzumelden. Eine gelungene Überraschung war es bisher nicht geworden. Das führte doch alles ins Nichts. Die Trampelpfade, das ewige Laufen, die stinkenden Klamotten. Er hatte genug davon, er wollte nur noch schlafen.

„Du ärgerst dich", sagte Jörn.

Alex nickte, nur um anschließend den Kopf zu schütteln. Irgendwie fühlte er Sekunden später gar nichts mehr.

Die Wand der Jurte war immer noch dünn, der Schlaf immer noch kaum vorhanden und er wollte es ihr einfach nur erzählen. Vielleicht begriff sie es dann endlich. Oder niemals. Aber das lag wohl nicht in seiner Macht.

„Ich bin in deinem Windschatten gelaufen." Lauter war seine Stimme an diesem Morgen.

Während er völlig übermüdet im Schlafsack saß, rollte Hannah, zwei Plätze weiter, ihre Schlafmatte zusammen. Auf der anderen Seite schlief nur noch Theo, ansonsten waren sie allein.

„Du hattest einen weißen, fliegenden Rock an. Du gingst schnell und ich wusste, ich könnte immer so neben dir laufen", erzählte Alex weiter. Mit seinen Händen betastete er sein Gesicht. Es war so heiß, ihm war ein bisschen schlecht, garantiert hatte er einen Sonnenstich. „Gott, ist dir nicht auch furchtbar heiß?", fragte er. Vielleicht sollte er aufstehen, wie alle anderen. Dann könnte er gemeinsam mit Hannah runter zum Wasser gehen, sich ausziehen und nach vorne in die Kälte fallen. Sie würden gleichzeitig prustend auftauchen, nicht getauft und dennoch mit einer neuen Zugehörigkeit füreinander.

„Oh Gott, ist mir schlecht." Alex sprang auf, lief vor die Jurte, fiel vorwärts auf die Knie ins Gras, schnappte nach Luft. Er konnte sich nicht übergeben, er musste atmen, einfach ruhig atmen. Sein ganzer Körper zitterte.

Eine Hand legte sich auf seinen Rücken. Hannah. Sie war ihm gefolgt und hatte sich neben ihn gehockt.

So fühlte es sich also an, wenn man hilflos war, am Boden,

wenn man nicht mehr konnte und trotzdem etwas wie Glück spürte, ausgelöst, durch eine einzige Hand.

„Martina glaubt, du müsstest dringend raus von da, wo du derzeit in deinem Leben bist", sagte Hannah leise.

Er hatte sie dennoch verstanden.

„Und was glaubst du?", fragte er. Das Gras, das er anstarrte, war vertrocknet. Hier draußen hörte man einzig den leisen Wind. In sich drinnen hörte Alex nur noch sein Herz. Dann Stille. Schließlich blickte er erneut zu Hannah. Sie hatte sich neben ihn gesetzt.

„Es ist egal, was ich denke", sagte sie und zog ihre Hand zurück.

„Nein ist es nicht." Wieso konnte sie es ihm nicht sagen? Warum musste immer er der Mutige sein, während sie sich unbeteiligt aus allem herauswand? Minuten vergingen. Hannah stand nicht auf. Alex kniete immer noch.

„Bitte", meinte er leise und fasste sich an den schmerzenden Kopf. „Rede mit mir." Es war ihm gleichgültig, er würde später jeden Einzelnen der Camper um eine Schmerztablette bitten, auch wenn sie ihn für eine Mimose halten würden. Dieses Pochen, das hielt er nicht mehr lange aus.

„Alex, egal was ich dir jetzt sage, es ist dein Leben, du musst wissen, wie du es leben willst."

„Ich möchte es mit dir leben." Er streckte seine Hand nach ihrer aus.

Sie stand auf und schüttelte den Kopf.

„Bitte bleib", bat er leise. Das hatte er schon lange nicht mehr getan. Sie musste doch wahrnehmen, dass er zu einem besseren Menschen wurde. Wieso merkte sie es nicht endlich?

„Was würde das ändern?"

Hier draußen war es so furchtbar still. Regen, warum war der Regen denn immer noch nicht da?

„Meinst du, es regnet heute Nacht?", fragte er und stand auf.

Der Wald würde irgendwann Feuer fangen und die Tiere müssten fliehen und die Hubschrauber würden kreisen und die Teams der Nachrichtensendungen würden auf trockenen Hölzern stehen, während im Hintergrund in der Ferne Rauch aufsteigen täte. Sie würden später seinen Namen verlesen, er war derjenige, der zurück zur Jurte gelaufen war, um Hannah zu retten, was er auch erfolgreich getan hatte, mit der Folge, dass er seiner Rauchvergiftung erliegen würde.

Hannah würde nächtelang um ihn weinen und es bereuen, ihm damals in der Jurte nicht besser zugehört zu haben. Denn nun konnte sie nie wieder mit ihm sprechen und ihm nicht sagen, dass sie doch nur Angst gehabt hatte.

„Ich weiß es nicht", sagte Hannah. „Ich hoffe, es bleibt trocken."

# So wie einst Huck Finn

Hoch oben, das bedeutet näher am Himmel zu sein. Von hier aus kann man alles überblicken.

Mo sitzt neben Huck auf den verstaubten Treppenstufen. Diese Art von Sitzen, sowie der Ausblick in die Ferne waren früher schon einmal in ähnlicher Weise üblich gewesen. Damals, vor dem großen Knall. Die Stadt hat geknistert, während es überall Ideen und Visionen gegeben hatte. Vom nächsten Tag oder Jahr, von Gebäuden, die errichtet werden sollten, beinah so hoch wie der Eiffelturm. Nicht zu vergessen die Ausführungen von Wettbewerben, die im Kleinen und Großen überall täglich stattfanden, sei es in der Wirtschaft oder im Sport.

Ein lautes Dröhnen, U-Bahn Rauschen, Appartements, die sich übereinanderstapelten, das alles waren sie gewesen. Es ahnte noch niemand, dass sämtliche Bezirke brennen würden und dass eine Staubwolke, größer als ganz Paris, sie einschläfern und teilweise nicht mehr erwachen ließe.

Ein paar von ihnen haben überlebt. Sie sind in die zerstörte Stadt zurückgekehrt, um zu versuchen, den Ort ihrer Träume aufzubauen.

Mo hat Sorgen und Huck die Übersicht. Mo will noch nicht begreifen, was wirklich geschehen ist. Huck hingegen, zwar nicht viel älter als Mo, hat bereits das Wesentliche verstanden. Es ist jetzt ihre Verantwortung. Die Alten kehren nicht zurück. Die Überlebenden sind diejenigen, die aus der Verwüstung eine neue Existenz erschaffen müssen.

Wenn man sich umblickt, könnte man meinen, man säße irgendwo in der Prärie. Mit viel Staub und Sand und Menschen, die sich schützend vor den herumfliegenden Staubpartikeln in Tücher hüllen. Aber es ist nicht die Steppe, sondern Frankreich, also das ehemalige. Es gibt keine Länder mehr und auch keine Grenzen. Das ist Huck egal. Er weiß, wie viel Glück sie hatten, indem sie das seit langer Zeit größte Unglück überlebten. Huck ist sich sicher, dass die gesamte Erde betroffen ist. Sonst wäre man längst gekommen, um ihnen zu helfen und sie darüber aufzuklären, was wirklich geschehen ist.

„Wir wollten das doch alles nicht mehr", sagt Mo und schaut verärgert zu Huck.

„Stimmt." Huck hält sich imaginär eine Zigarette an den Mundwinkel. Das, was er am meisten vermisst, ist definitiv das Rauchen. Das war etwas Feines. Bei der ersten, damals mit 13, hatte er sich wahnsinnig männlich gefühlt, auch wenn er nur schwer den aufkommenden Hustenreiz hatte unterdrücken können. Niemand war zu diesem Zeitpunkt bei ihm gewesen, aber nicht mal vor sich selbst hatte Huck die Blöße der Atemnot zulassen wollen.

„Es wird sich alles wiederholen", sagt Mo verärgert.

„Glaub ich nicht." Huck lässt den Arm sinken, zieht die Stirn in Falten und blinzelt. Durch die Hitze passiert es ihm ständig, er sieht Dinge, die nicht mehr da sind. Er war sich für eine Sekunde lang sicher, dass Theo dort hinten in der Ferne herumläuft. Einfach so, frei, schnuppernd und ohne Leine. Huck fehlt sein Hund so sehr. Noch mehr als das Rauchen.

„Wie kannst du nur so gelassen bleiben? Wir sitzen hier fest. Nichts tut sich. Wir hätten uns doch mit Luke zusammenschließen sollen." Mo ist bemüht, nicht die Fäuste zu ballen.

Huck schüttelt den Kopf. Er ist sich sicher, dass sie auf der richtigen Spur sind, nicht Luke.

„Er ist ein Hitzkopf. Mit Luke kannst du kurze Strecken zurücklegen, aber auf lange Sicht geht ihm die Puste aus." Huck kennt diese Art von Leuten. Mit Luke wäre es so, als hätten sie immer noch nichts begriffen, als hätten sie nichts gelernt.

„Trotzdem wäre es gut gewesen, ihn mit im Boot zu haben." Mo verschränkt die Arme.

„In welchem Boot denn?" Huck erhebt sich. Wie ein griechischer Gott steht er auf der höchsten Stufe, streckt seinen Arm aus. Unter ihm liegt die verwüstete Stadt, die nur darauf wartet wieder aufgebaut zu werden.

„Siehst du hier irgendwen? Wir sind auf uns allein gestellt, Mo. Wir sind jetzt diejenigen, die handeln müssen."

Hucks Gestikulieren erinnert Mo an seinen Vater. Seine Mutter hingegen hat still gestraft. Ein Blick, der ihn Richtung Zimmer wies, war oftmals treffender gewesen als der weisende Arm. Sie alle sind einfach verschwunden, vor allem die Alten. Zeit für Trauer haben sich die Übriggebliebenen bisher nicht genommen. Wie soll man auch nicht vorhandene Leichen beweinen? Es scheint eher, als habe sich der Erdboden aufgetan und sie allesamt verschluckt.

„Vor Tagen hast du mir gesagt, dass wir das Ganze schaffen würden. Das tun wir aber kein bisschen. Und überhaupt, warum trägst du immer noch diesen albernen Hut? Du siehst aus wie ein verunglückter Cowboy", schimpft Mo. Dann wird er halt laut, dann streiten sie jetzt eben.

Huck zieht seinen dunkelbraunen Schlapphut aus Wildleder zurecht. Den hat er gefunden, wie alle Dinge, die man sich sehnlichst herbei wünscht. Man muss nur dran glauben.

„Den habe ich, damit mich die Sonne nicht verbrennt. Falls du es noch nicht bemerkt hast, wir befinden uns in einem scheinbar dauerhaft veränderten Klima."

Mo schnaubt. Huck nimmt ihn nicht ernst. Das hat er nie getan. Huck hat ihn nur gebraucht, um ein Team aufzubauen. Weil er, Mo, reden kann. Wenn er möchte, folgt ihm die Masse. Früher, in einem anderen Leben, hat Mo den Leuten viel verkauft. Das konnte er schon immer, sie haben ihm und seinem weichen Gesicht alles abgenommen.

„Was ist los Mo? Was passt dir nicht? Wir sollten ehrlich zueinander sein", fordert Huck, der sich ihm zugewandt und den grimmigen Gesichtsausdruck natürlich bemerkt hat. In seiner Stimme liegt kein Spott, doch das hört Mo nicht. Mo fühlt nur den riesigen Menschen neben sich, der scheinbar immer recht zu haben glaubt und nach Schweiß riecht. Mit Kräutern, die mühsam aus dem Sand herausragen, haben Huck und Mo bisher versucht, ihren Geruch zu überdecken. Es ist ein Wunder, dass noch keine Seuche ausgebrochen ist. Die allgegenwärtige, mangelnde Hygiene wäre Grund genug, dass auch sie keine Chance hätten, um zu überleben.

Mo spürt die Verzweiflung in sich aufkommen. Früher, wenn er einen schlechten Tag hatte und das Geschäft nicht gut lief, hatte er sich manchmal ebenfalls so gefühlt. Aber es ging weiter, geordnet, es gab immer jemanden, den er um Rat hatte fragen können. Sich ins Bett zu legen, Burger mit Pommes zu essen und den Fernseherbildern zuzusehen, hatte Mo schließlich entspannen und einschlafen lassen.

Dann jedoch kam der große Knall. Viele sind seitdem einfach verschwunden, eine riesige Masse ist wahrscheinlich gestorben. Mo ist Huck in der brütenden Mittagshitze begegnet und froh darum gewesen. Doch nun ist dieses

Gefühl wieder da, das ihn kaum klar denken lässt. Klein und machtlos und innerlich zitternd. Und Mo fragt sich die ganze Zeit, wie die letzten Worte Corinnes an ihn lauteten. Es kann nicht sein, dass er das nicht mehr weiß.

Warmer Wind steigt aus dem Nichts hervor, umzingelt ihn, wärmt ihn und peitscht ihn schließlich aus. Es muss schon lang Spätherbst sein, der Winter sollte vor der Tür stehen.

„Hört das denn nie auf?" Mo deutet kraftlos mit seinem Arm in die Luft. Er hat den fliegenden Sand so satt, die Wärme und die Mücken.

Huck seufzt. Sicher ist nicht alles leicht, aber es ist auch eine Chance. Wie soll er Mo klar machen, welches Glück sie beide hatten? Sie haben überlebt, sind Teil dieses neuen Anfangs. Warum ist Mo immer direkt so unglücklich? Sie sitzen hier, die Sonne geht unter, sie dürfen zumindest noch schlafen gehen und wieder aufwachen. Natürlich ist er keine Frau und er ist erst recht nicht Corinne, aber Mo ist wenigstens nicht alleine hier, das sollte er sich mal bewusst machen.

„Der Sturm zieht auf. Wir sollten bald reingehen", sagt Huck und schaut zu Mo. Dessen Schultern hängen tief, er sieht so erschöpft aus.

Mo hätte sich früher nicht vorstellen können, Tage ohne Uhrzeit zu verbringen. Nun orientiert er sich an den Mahlzeiten. Nach der Sonne kann er sich nicht mehr richten, sie steht schon am Himmel, wenn er aufwacht, und wandert kaum weiter. Nur am Abend, da entschließt sie sich plötzlich, in Windeseile zu verschwinden. Mo hat sich nie dafür interessiert, wie das mit den Planeten und dem Sonnensystem vor sich geht, aber er ahnt, dass seit dem Knall irgendetwas furchtbar durcheinander geschüttelt worden ist.

„Ich hätte nie geglaubt, dass ich mal so leben werde", sagt Mo. Die Verbitterung ist präsent. Weil das jetzt sein Leben ist und Huck neben ihm steht, der immer noch nicht begriffen hat, was wirklich geschehen ist. Mo hat es nun verstanden. Auch ihre neue Gesellschaft wird untergehen und dabei von der Natur überschüttet werden. Das haben sie nun alle davon. Weil sie alle zu viel wollten. Mo wendet sich ab, er muss sich hinlegen, damit er endlich weinen kann.

„Schlaf gut", murmelt er und geht ins provisorisch hergerichtete Zuhause. Es ist eines der Gebäude, in denen man noch Unterschlupf finden konnte, ohne Angst haben zu müssen, dass einem das Dach über dem Kopf zusammenfällt.

Huck bleibt allein auf den Stufen zurück. Ihm ist bewusst, dass er seinen Freund gerade nicht aufheitern kann. Ja, Mo ist tatsächlich ein Freund geworden.

Ein roter Streifen zieht über den Himmel, im Norden donnert es bereits. Früher hätten die Leute geglaubt, es wäre ein Gotteszeichen. Davor hätten sie gedacht, die Götter wollten ihnen etwas mitteilen. Heute weiß man längst, dass das alles nur die Natur ist. Im Gegensatz zu Mo stört sich Huck an den abendlichen, warmen Sandstürmen nicht. Wenn man sich nicht gegen sie wehrt, umarmen sie einen beinah. Trotzdem, er ist nach wie vor erstaunt. Warum hat es niemand kommen sehen? Wissenschaftler, Physiker, Astrologen, wer auch immer, sie können so einen bevorstehenden Schlag nicht einfach übersehen haben?

Sie, die Übriggebliebenen, müssen nun quasi bei null im Staub anfangen. Die Häuser sind bruchweise stehen geblieben, doch alles andere ist in seiner Funktion massiv gestört. Es gibt keine Kommunikation, außer man spricht miteinander, keine schnellere Fortbewegungsmöglichkeit als die der eigenen Beine.

Wie viel Zeit ist seit dem großen Knall vergangen? Da Huck keinen Kalender besitzt, kann er längere Zeiträume nicht mehr einschätzen. Er steht auf, wenn es hell wird, und legt sich schlafen, sobald ihn die Müdigkeit überkommt. Ein letztes Mal schaut Huck in die Ferne. Es nützt alles nichts, sie müssen weitermachen. Die Welt ist wieder spannend. Und das Wichtigste ist doch, dass sie immer noch existiert.

Mo hört, wie Huck das Haus betritt, die Tür verriegelt und über die knarrenden Dielenböden geht. Wie so oft ärgert sich Mo. Wegen ihm liegt er unruhig da und kann nicht einschlafen. Es ist nicht nur Huck und seine Gelassenheit, vielmehr ist es diese verfluchte Gruppe, in der er gelandet ist. Hier hat er zwar wenigstens die Garantie, etwas zu essen zu bekommen, die Menschen um ihn herum kümmern sich umeinander. Doch Mo weiß, dass sie das wahrscheinlich nur tun, weil die Angst tief in ihren Knochen sitzt. Warum Huck und er nicht voneinander loskommen ist dagegen offensichtlich. Sie kennen sich von früher, sind im selben Viertel groß geworden. Sie hatten nie besonders viel miteinander zu tun gehabt. Mo hatte sich den Realisten zugehörig gefühlt, denen, die wussten, was sie wollten. Man schloss Kontakte, um das Netzwerk später einmal aktivieren zu können. Das waren Menschen gewesen, die ähnliche Gedankenmuster hatten wie er. Niemanden von ihnen hat Mo nach dem Knall wiedergesehen.

Huck hingegen, ja, was hatte Huck eigentlich früher gemacht? Soweit sich Mo erinnern kann, war er immer nur da gesessen, oftmals zeichnend. Und sonst? Mo wusste es nicht. Ihm war klar, dass sie beide die Einzigen in der Gruppe waren, die sich noch von damals kannten. Und das wiederum hatte direkt vertraut gewirkt.

Alles aussichtslos, denkt Mo und merkt, dass er tatsächlich weint. Er wälzt sich von einer Seite auf die andere. Die schlaflosen Nächte sind das Einzige, was er von früher mit in die neue Zeit gebracht hat, wenn auch unfreiwillig. Obwohl keine Autoscheinwerfer mehr durch die Rollladenschlitze fallen und es keine belebte Hauptstraße mehr gibt, sind die wachen Stunden nicht verschwunden. Wie lange hat er kein Motorengeräusch mehr gehört? Mo schluckt. Natürlich vermisst er das Autofahren. Geschwindigkeit ist immer seine Leidenschaft gewesen. Mit sechzehn fuhr er Moped, nach dem achtzehnten Geburtstag endlich das eigene Auto. Mo hatte es von seinen Eltern geschenkt bekommen. Wenn er an seine Eltern denkt, wird er ein wenig sauer. Sie haben ihm niemals erzählt, dass so eine Welt, wie sie jetzt vor ihm liegt, möglich sein kann. Haben ihn nicht vorbereitet, ebenso, wie sie ihm eiskalt verschwiegen haben, dass es einen Tag geben wird, an dem er sie einfach nicht mehr erreichen kann.

Am nächsten Morgen, als Mo den Gemeinschaftsraum betritt, sitzt nur noch Huck am improvisierten Frühstückstisch.

„Ich werde gehen", sagt Mo und schaut mit knurrendem Magen auf die Spiegeleier. Wie macht Huck das bloß?

„Wie kommt's?", fragt Huck, nicht einmal aufblickend.

„Es geht nicht vorwärts." Mo möchte sich nicht mehr setzen, er hat seinen Rucksack bereits auf den Rücken geschnallt und steht aufbruchbereit im Zimmer.

„Dann wünsche ich dir viel Erfolg", sagt Huck und klopft auf die Tischplatte.

„Danke." Mo geht, ohne die Tür hinter sich zu schließen. Soll Huck doch sehen, wie weit er ohne ihn und seine Unterstützung kommt. Wird er alles noch spüren; wie er da sitzt mit seinen blöden Eiern. Und trotzdem, es kränkt Mo, wie unbeteiligt Huck erscheint. Seelenruhig isst er weiter. Was aber wiederum verdeutlicht, wie wenig ihm Mo bedeutet.

Mo ist froh, dass er niemand beim Verlassen des Hauses begegnet. Er will nicht, dass jemand seine Tränen sieht. Doch er hat sich zu früh Hoffnungen gemacht, auf den Treppenstufen kommt ihm Lilou entgegen, die einmal Chloé hieß. Das ist eines der wenigen guten Dinge, dass sie sich neu definiert haben. Mo vermisst seinen alten Vornamen überhaupt nicht. Mo, das ist kurz und prägnant, das kann sich jeder gut merken. Den abgestoßenen Jean-Pierre, wie es auf seiner Geburtsurkunde stand, hat er bisher nicht einen Moment nachgetrauert.

„Wo willst du hin?", fragt Lilou. Irgendetwas, es sieht aus wie ein zerrupftes Bettlaken, ist unter ihren linken Arm geklemmt. Lilou geht täglich auf Streifzüge, meistens früh morgens. Sie streunt durch die Gegend und schleppt ihnen allen möglichen Krempel an, den sie eventuell noch verwerten können.

„Was hast du da?", stellt Mo die Gegenfrage, doch Lilou schüttelt den Kopf.

„Du willst nicht wirklich so blöd sein und abhauen?"

Einen Augenblick lang überlegt Mo, ob er sie einfach stehen lassen soll. Aber Lilou sieht so entsetzt aus, mit ihrer albernen Feder, die sie sich ins Haar gesteckt hat, dass es etwas mit ihm macht. Dabei möchte er nicht mehr wütend sein, zweifeln oder diskutieren, eigentlich möchte er nur los.

„Was bringt es uns denn?", fragt er aufgebracht. „Der ganze Mist hier, wir kommen doch nicht vom Fleck. Schau in die Geschichtsbücher. Gutmütigkeit als Alleinstellungsmerkmal ist nicht die Lösung. Die Friedenspfeife hat die Indianer letztlich auch nicht gerettet. Wir können weiter hier sitzen und unsere kleine Kommune wachsen lassen, aber das reicht nicht aus."

Mo atmet tief durch. Ihm ist das hier lange nicht genug und es hat wahnsinnig gutgetan, das endlich einmal laut auszusprechen.

Lilou schaut erst nachdenklich, dann schüttelt sie abermals den Kopf.

„Mo, du kannst nicht immer nur nach dem Nutzen gehen!", sagt sie, streng, fast wie eine Mutter.

„Wonach denn sonst?" Mo verschränkt die Arme. Er möchte sich nicht weiter unterhalten, er will das alles hier vergessen.

„Na zum Beispiel ob etwas richtig ist. Darum geht's doch. Nicht um den Ertrag, sondern vielmehr um den Sinn. Du siehst ja, wo uns der andere Weg hingeführt hat." Lilou hat die Arme gehoben, die weit ins Nichts ausschwenken. Sie alle zeigen ständig in die Ferne.

Wie aussichtslos, denkt Mo.

In diesem Moment taucht Manon miauend auf und schlängelt sich um Mos Beine. Seine Eltern hatten früher einen Hund besessen, mit Katzen hingegen kann Mo nichts anfangen. Manon wird er garantiert nicht vermissen. Gemeinsam schauen Lilou und er auf das buckelnde Tier hinab, dann räuspert sich Mo.

„Lilou, mach das Beste aus all dem hier! Und sag das auch dem Rest!" Damit sind für Mo das Gespräch und seine Zeit an diesem Ort endgültig beendet.

Das, was er sich früher als Kind vorgestellt hatte, das große Abenteuer erleben, ist nicht so, wie es sich jetzt anfühlt. Heute muss Mo überleben, in einer Welt, die er nicht mehr kennt, auch wenn es einst die Heimat war. Nun geht er durch Geröll und Staub und die Orientierung hat er schon lange verloren.

„Du bist feige, Mo", hat Lilou ihm nachgerufen. Die Worte hallen in seinem Kopf, der Donner über ihm gibt ihm gleichzeitig zu verstehen, sich demnächst ein Quartier für die Nacht zu suchen. Mo ist immer noch nicht aus dem zerstörten Paris raus. Zum Glück existieren genug Ruinen, in denen er Schutz vor dem allabendlichen Sandsturm finden kann. Nur auf Gesellschaft, da hat er so gar keine Lust, da muss er aufpassen, was bisher ganz gut gelungen ist. Zwei jungen Frauen ist er begegnet, ebenso einer Gruppe junger Männer, ansonsten war alles um ihn herum ruhig. Sie haben ihn mit großen Augen beobachtet und schließlich mit einem Nicken gegrüßt. Die Anspannung beim gegenseitigen Passieren war dennoch zu spüren. Das Misstrauen lässt sich nicht abstellen. Keiner hat eine Ahnung davon, wie viel Gewalt es gibt. Wenn sie auch keine Schusswaffen bei sich tragen, können sie sich trotzdem Messern bedienen, ihren eigenen Kräften oder Zähnen. In seiner Kindheit ist Mo während einer Schulhofprügelei von Samuel gebissen worden. Man sollte Zähne niemals unterschätzen, das hat Mo damals gelernt.

Es wird dämmrig, jetzt werden sie alle zusammensitzen und Huck wird seine allabendliche Ansprache halten. Er wird fragen, wie es jedem Einzelnen geht, ganz so, als ob es ihn tatsächlich interessieren würde. Dann wird er das Essen verteilen, kleine Portionen, aber immerhin eine Mahlzeit. Bei dem Gedanken knurrt Mos Magen. Das ist das

Schlimmste, der ständige Hunger. Er hat die Hoffnung, dass es besser wird, wenn er erst mal die Stadt hinter sich gelassen hat. Draußen in der Natur gibt es bestimmt mehr als die Konserven, die sie untereinander aufteilen mussten.

Mo richtet die Schultern auf, auch, wenn sein Rucksack schwer geworden ist über die Stunden. Er ist doch der Mutigste von allen, denn er traut sich wenigstens, das Altbekannte zu verlassen. Das würde Huck nicht tun. Mo ballt die Fäuste. Wie er es überhaupt so lange bei ihm ausgehalten hat. Huck hat immer so getan, als ob sie eine Gemeinschaft werden könnten. Dabei ging es ihm nur darum, zu bestimmen. Weil er das davor nicht konnte, da in der richtigen Welt diejenigen etwas zu sagen hatten, die wirklich Ahnung hatten. Warum ist er, Mo, der Einzige, der das durchschaut hat? So blöd wie die anderen ist er nicht mehr, er macht jetzt sein eigenes Ding.

Mo läuft auf ein Gebäude zu, bei dem zwar die Fensterscheiben zerbrochen sind, das aber sonst ziemlich stabil aussieht, auch wenn die Tür kaputt ist, sodass Mo sie einfach aufstoßen und eintreten kann.

„Hallo?", fragt er in die Dunkelheit.

Niemand antwortet ihm.

Gut so, denkt sich Mo und geht langsam voran. Es wird bereits dämmrig und er hat kein Licht zur Verfügung. Selbst die Streichhölzer von Huck hat er vergessen einzupacken.

In einer Ecke lässt Mo seinen Rucksack fallen und sich anschließend auf die Knie. Er hat früher schon Camping gehasst. Müde nimmt er die Decke hervor, die er über sein weniges Gut oben im Gepäck verstaut hat. Die anhaltende Hitze macht, dass man nicht wirklich viel zum Schlafen braucht. Mo legt sich auf die ausgebreitete Wolldecke, die kratzt und leicht muffig riecht. Er schließt die Augen und lauscht in die Stille. Irgendwo fiept es. Mo setzt sich auf und blickt sich um. Vergebens, es ist zu dämmrig.

„Die Ratten sind geblieben", sagt eine helle Stimme und im nächsten Moment blinzelt Mo gegen den grellen Strahl einer Taschenlampe an.

„Wer ist da?" Mo hält den Arm schützend vor seine Augen. Der Lichtstrahl richtet sich auf seine Decke und er kann sich etwas besser orientieren.

Da steht sie, ein dünnes, junges Ding mit einem hübschen Gesicht und leuchtet ihn an.

„Du solltest dich umsehen, bevor du dich irgendwo zum Schlafen hinlegst." Sie tritt näher. „Sonst wirst du am Ende noch ausgeraubt." Sie streckt ihm ihre Hand entgegen.

„Ich heiße Louise." Ihre Finger sind klein, warm und drücken erstaunlich fest zu.

Was haben die Mädchen nur alle mit den L-Namen, denkt sich Mo. Neben Lilou, Laura und Lucie ist das nun die vierte Kandidatin, die scheinbar lieblich klingen möchte.

„Hast du auch einen Namen?", fragt sie und lässt seine Hand los.

Mo hat sich an ihr Licht gewöhnt, jetzt erkennt er deutlich ihr Lächeln.

„Ich bin Mo." Er rutscht auf seiner Decke ein Stück beiseite.

„Kann ich dir trauen?"

Mo zuckt die Schultern. Wem kann man das schon noch?

Louise legt die Taschenlampe auf den Boden, der Lichtstrahl schießt quer durch den Raum bis ans Ende der Mauer. Dann lässt sie sich schwerfällig neben Mo fallen. Die Ratten sind verstummt.

„Was tust du hier?", fragt Mo.

„Das, was wir wohl alle tun, ich versuche zu überleben." Sie

streckt die Arme in die Luft und gähnt laut. „Und das Ge-
mäuer hier ist eine gute Schlafstätte."

„Du bist ganz alleine unterwegs?" Er will gar nicht so un-
gläubig klingen, möchte ihr seine Anerkennung nicht
schenken. Jedenfalls nicht so schnell.

„Du doch auch", sagt Louise. Sie sitzt mittlerweile im
Schneidersitz da.

Mos Blick fällt auf ihre aufgerissenen Fußsohlen. Sie muss
schon viel gelaufen sein. Warum hat sie nur keine Schuhe
an? Sie alle haben irgendetwas getragen, als das große
Beben völlig überraschend mitten am Nachmittag des
10. Septembers losging.

„Aber du bist ein Mäd…"

„O bitte", fällt ihm Louise ins Wort und verdreht die Augen.

„Entschuldige."

Die Tür geht ein Stück auf und wieder zu, quietschend, das
ist Mo beim Betreten gar nicht aufgefallen. Er möchte aufstehen und nachsehen, doch Louise fasst ihn am Unterarm
und zieht ihn zurück auf die Decke.

„Keine Angst, das ist nur der Sturm. Die Tür bleibt einfach
nicht geschlossen."

„Ich habe keine Angst." Mo schüttelt den Kopf und Louise
streckt ihre Beine aus, sodass er nicht mehr ihre kaputten
Füße anstarren kann.

„Klar hast du die, die haben wir alle. Ist ja auch logisch, ich
meine, mal ganz ehrlich, wenn du dich umschaust, dann
müssen wir einsehen, dass wir alle in einer großen Scheiße
sitzengeblieben sind." Ihren Lippen entweicht eine Kau-
gummiblase.

So etwas hat Mo seit Ewigkeiten nicht gesehen. Ist es jetzt
das letzte Mal, dass er das beobachten darf? Es gibt keinen
Kaugummi mehr und auch keine Schokolade. Die Vorräte

der ehemaligen Lebensmittelläden sind längst ausgeraubt und aufgegessen. Wie gerne er noch einmal Wein trinken würde. Beinah hat er schon den Geschmack von Käse vergessen.

„Huck sagt, dass wir dem Ganzen einfach Zeit geben müssen", seufzt Mo.

„Wie bitte? Er nennt sich Huck?" Louise kichert.

Dass Mädchen immer kichern müssen, denkt sich Mo. Das hat er nie verstanden. Da war Corinne wirklich anders gewesen, viel erwachsener. Mo schluckt, er möchte nicht wieder über Corinne nachdenken.

„Ja, er nennt sich Huck und glaubt scheinbar, dass wir bei Tom Sawyer sind. Aber da hat er was nicht richtig kapiert, denn im Gegensatz zu ihm, habe ich die Bücher früher wenigstens gelesen."

„Ja und?", fragt Louise, während ihre Augen neugierig Mos Händen gefolgt sind, die seinen Rucksack geöffnet und zwei Äpfel herausgeholt haben.

„Ich weiß zumindest, dass Tom Sawyer den Schlapphut aufhatte und nicht Huck Finn." Mo wischt die Früchte notdürftig an seinem Shirt ab, dann reicht er Louise einen der Äpfel.

„Und ich weiß, dass ich Huck Finn viel lieber mochte als Tom Sawyer", Louise lächelt und beißt kräftig in das Fruchtfleisch, sodass es spritzt und ein kleiner Tropfen auf Mos Arm landet. Stören tut es ihn seltsamerweise nicht.

„Warum?" Mo schaut weiterhin zur Tür, die immer wieder auf und zu schlägt. Welches Mädchen liest überhaupt Tom Sawyer?

„Du musst essen", sagt Louise und deutet auf seinen Apfel, der von Mos linker in die rechte Hand gewandert ist. „Ich mochte Huck Finn lieber, weil er total unabhängig war. Der brauchte niemanden, verstehst du?"

Mo nickt, obwohl er sich nicht mehr genau an den Inhalt des Abenteuerromans erinnern kann.

„Tom wollte immer die Bewunderung der anderen Jungs haben und die von Becky. Huckleberry Finn hat stattdessen sein eigenes Ding durchgezogen. Entweder es war jemand dabei oder nicht. Aber er hat sich nie auf andere verlassen, sondern zuerst auf sich selbst."

„Du weißt ja Bescheid."

Louise kichert schon wieder.

„Du hast mit Huck angefangen, nicht ich", sagt sie und legt das Apfelgehäuse neben sich auf den Boden.

Wie schnell sie essen kann, denkt Mo.

„Und warum bist du jetzt nicht mehr bei Huck?", fragt Louise, nun deutlich ernster.

„Ich hab es da nicht mehr ausgehalten." Mo schnipst eine dicke Fliege, die sich auf seinem T-Shirt niedergelassen hat, in die warme Luft zurück. Die Stechmücken, die sind allerdings das größte Problem. Eigentlich alles, was herumfliegt. Da müssen ja Krankheiten übertragen werden. Mo stinkt und vermisst seine frisch gewaschenen Hemden.

„Huck hat sich abgefunden. Mit allem, verstehst du? Wollen wir wirklich so leben? Als stinkende Kannibalen? Also ich will das nicht!" Vielleicht stellt er ihr die gleichen dummen Fragen, die er bereits Huck gestellt hat, aber Mo ist sich sicher, Louise wird ihn für seine Bedenken nicht direkt verurteilen.

„Wir enden nicht als Kannibalen, glaub ich jedenfalls nicht. Wobei ich schon sagen muss, dass ich doch überrascht bin, weil keiner mit dieser Veränderung gerechnet hat. Also wer weiß …" Louise hebt die Arme in die Luft, krümmt die Finger krallenartig und setzt sich spielend bedrohlich auf. Sie kann sich noch so viel Mühe geben, wie ein fleischfressendes Monster sieht sie einfach nicht aus.

„Ich hätte eher auf eine Eiszeit getippt, statt auf eine solche Hitzewelle", sagt Mo, der nicht auf die Verrenkungen von Louise eingehen möchte, auch wenn sie ihm gefallen. Louise ist irgendwie anders als der Rest der Übriggebliebenen.

„Ich nicht. Wo soll die denn bitte herkommen? Wenn schon dauernd von Klimaerwärmung die Rede war, warum sollte sich dann ausgerechnet das Eis durchsetzen?" Louise lässt ihre Arme sinken und setzt sich gerade hin.

„Auch wieder wahr." Mo hat keine Ahnung von Meteorologie.

„Wollen wir schlafen?"

„Bist du müde?" Mo zieht die Augenbrauen hoch. So spät kann es nicht sein. Sie können sich doch ruhig noch ein bisschen unterhalten.

„Ja, das bin ich, gute Nacht." Louise rutscht mittig zur Decke.

„Na gut", sagt Mo, hellwach und irgendwie aufgedreht. Auch er legt sich hin und starrt konzentriert zur Decke. Irgendetwas möchte er noch sagen, irgendetwas wird ihm mit Sicherheit einfallen. Neben ihm hört er regelmäßiges Atmen, das immer lauter wird.

Na wunderbar, denkt Mo. Sie schläft schneller ein, als wie sie isst. Mo legt seine ineinander gefalteten Hände auf seinem Bauch ab. So hat er als Kind auch oft da gelegen und nachgedacht. Wenn im Sommer das Fenster geöffnet war, hat Mo die Gardine ein kleines Stück zur Seite geschoben. Sterne hatte er nie viele gesehen, aber er hatte gewusst, dass da oben, weit draußen, bestimmt irgendwo ein Astronaut herumfliegt. Und dann hatte er sich vorgestellt, dass er in Sicherheit war, dass niemand ihn aus seinem warmen Bett einfach so ins All mitnehmen konnte.

Louise dreht sich auf die Seite und kehrt ihm den Rücken zu. Ihr Gesicht ist ihm nicht mehr zugewandt, Mo atmet aus und dreht sich in ihren Schatten. Seine Hand auf ihre Hüfte zu legen traut er sich nicht.

Als Mo aufwacht, braucht er zuerst einige Sekunden, um zu realisieren, wo er sich befindet. Er sieht als Erstes die geöffnete Tür, durch die bereits die Sonne hereinstrahlt. An alles kann sowohl sein Geist als auch sein erschöpfter Körper sich sofort erinnern. Gestern, das war ein besonderer Tag gewesen. Er hat tatsächlich die Gruppe verlassen. Und dafür hat er Louise kennengelernt. Mo schaut sich um. Der Platz neben ihm ist leer.

„Louise?" Er ist sich sicher, sie ist nur kurz an der frischen Luft.

Mo setzt sich auf und streckt die Arme in die Luft. Die Wärme kommt schon wieder gekrochen, in wenigen Stunden wird es furchtbar heiß sein. So tief wie heute Nacht hat er lange nicht mehr geschlafen. Wahrscheinlich liegt das an der Wegstrecke, die er gestern absolviert hat.

Erst einmal möchte er sich anziehen. Mo wendet sich um, doch der Rucksack lehnt nicht mehr an die Mauer.

Das ist nicht wahr. „Louise?", brüllt er. „Louise!" Der Realist in ihm erwartet keine Antwort.

„Diese kleine Ratte", murmelt er. „Dieses verfluchte Biest." Er schlägt mit der Faust auf den Boden. Er wird nicht weinen und er wird sie finden. Weit kann sie nicht gekommen sein, barfuß und mit kaputten Füßen. Dann trifft es ihn wie ein Schlag, seine Schuhe, die stehen auch nicht mehr am Ende des Nachtlagers.

„Hast du keinen Hunger?", fragt Lilou.

Huck hat sie nicht kommen hören, wobei er es geahnt hat, dass er bald nicht mehr alleine auf der Treppe sein wird. Wenn die Katze auftaucht, befindet sich Lilou meistens auch nur wenige Meter entfernt oder umgekehrt.

Manon hat sich auf seinen Schoß gelegt, so, als ob sie spüren würde, dass er Trost braucht.

„Ich komme gleich rein." Huck sitzt schon stundenlang hier, er ist sogar vor dem Sonnenaufgang wachgeworden. Früher, da hat er immer rauchend am offenen Fenster die ersten Minuten des Tages verbracht. Niemand hat ihn dabei gestört, es gab auch niemanden, der dazu in der Lage gewesen wäre. Und nun? Nun fühlt er sich plötzlich verantwortlich für eine ganze Gruppe.

„Du hättest ihn bitten können zu bleiben", sagt Lilou und setzt sich neben Huck auf die Treppenstufen. Morgens, da flimmert die Hitze noch nicht über den Ruinen, da wirkt das zerstörte Paris beinah wie ein verlassenes Wüstenlager.

„Ja, das hätte ich können." Huck blickt weiter in die Ferne. Wie gerne er mal wieder am Meer wäre, wie lange er keinen Horizont mehr gesehen hat. Immer nur Dreck und Hitze und Staub. Da soll man mal nicht müde werden.

„Ich glaube, dass Mo einfach der Einsamste von uns allen ist", sagt Lilou.

Huck nickt. Das kann schon sein. Aber sind sie nicht alle allein?

Wenn man mit den Augen blinzelt, ist das Licht noch rötlicher, dann ist da beinah etwas Friedliches in ihrer neuen Welt.

„Wir sollten uns einen Besen basteln, damit man hier besser sitzen kann", sagt Lilou und klopft sich den Staub von ihrer Hose.

Huck nickt. Da hat sie vollkommen recht. Wobei das Mo und ihn bisher nicht sonderlich gestört hat. Sie haben sich angepasst, sie waren beinah schon ein Team.

„Glaubst du, dass er wiederkommt?", fragt Lilou, streichelt kurz über Manons struppiges Fell und nimmt dann seine Hand.

Die Katze miaut und springt von ihrer wackeligen Unterfläche auf.

„Ich hoffe es", sagt Huck und schaut auf Lilous Hand, die seine umfasst hat. Wirklich, das hofft er sehr.

# Aufregende Zeiten

„Stopp!", schrie Elli und hatte damit die wichtigste Regel verletzt. Sie war einem Gast gegenüber laut geworden, etwas, das streng untersagt war. In diesem Moment war ihr das jedoch egal, zumal der Angesprochene nicht einmal das sechste Lebensjahr erreicht hatte und sich deshalb disqualifizierte, ein kompletter, vollständiger Gast zu sein. Elli rannte hinter Tim her, der sich verdächtig nahe dem Pool genähert hatte. Das war kein Kinderbecken, das Wasser war mit einer Tiefe von 1,50 Meter die Gefahrenzone Nummer eins für die Kleinsten an Bord.

„Bist du verrückt?", sagte Elli und packte Tim am Arm. „Du kannst doch nicht einfach die Gruppe verlassen." Sie beugte sich zu ihm herunter und sah ihn streng an.

„Wenn du da reinfällst, könntest du ertrinken", versuchte sie Tim, nun nicht mehr ganz so energisch, zu erklären. Was glaubte dieser Junge denn? Dass es die Regeln nur zum Spaß gab?

„Na komm, wir gehen zurück in den Kreis", sagte sie und schob Tim, der die Arme verschränkt vor der Brust hielt und zu Boden starrte, zu den anderen Kindern.

Tims Zwillingsschwester Mia hatte in der Zwischenzeit lautstark zu weinen begonnen.

Elli blickte in die Runde. Die restlichen sieben Tintenfische standen da, sahen sie teilweise ehrfürchtig an oder sich suchend um. Das hatte sie ja wunderbar hinbekommen, der Rest des Vormittags würde anstrengend werden. Erst einmal musste sie Mia beruhigen, einige Gäste schauten bereits zu ihnen herüber, manche von ihnen schüttelten den Kopf.

„Es ist alles in Ordnung Mia, hör bitte auf zu weinen. Ich musste nur schauen, dass deinem Bruder nichts passiert." Elli kniete vor Mia und Tim, der mittlerweile wieder geordnet neben seiner Schwester im Kreis stand und dessen Handgelenk sie zur Sicherheit weiterhin umfasst hatte.

„Mama", schluchzte Mia.

Elli starrte auf Kindertränen, die sich ein Wettrennen lieferten. Wie Regentropfen an der Scheibe, nur kleiner, liefen sie Mias Wangen hinunter.

„Du bist doof", schrie Tim und riss sich los.

Elli seufzte. Was hatte sie in dem Erziehungsbuch gelesen? Man sollte diese Wutausbrüche einfach nicht beachten und ruhig auf die herrschenden Regeln hinweisen. Oder stand das in dem Einweisungsskript für Animateure, bezogen auf Gäste, die Liegestühle, trotz Verbot, durch ihr Handtuch reservierten? Sie wusste es nicht mehr, hatte den Überblick verloren, dabei war es gerade mal elf Uhr am Vormittag. Die Sonne stach bereits und Elli fühlte schon wieder einen Anflug von Seekrankheit in sich aufsteigen. Im letzten Jahr war sie auf einem anderen Schiff gewesen, doch so elendig hatte sie sich nie gefühlt, und wenn, dann nur am ersten Tag. Nun war sie fast eine Woche hier und die Übelkeit brach immer noch hervor.

„Wir werden jetzt die Tintenfische rufen. Helft ihr mir?", fragte Elli, erhob sich aus der Hocke, ihre Waden brannten mittlerweile, und lächelte.

Nur ein Mädchen erwiderte die Freundlichkeit, indem es ebenfalls lächelte.

„Ihr erinnert euch an das Lied, dass wir gestern über unsere Freunde, die Tintenfische, gesungen haben?"

Um sie herum gab es ein vorsichtiges Nicken. Mia schluchzte leise weiter, Tim schaute bockig gerade aus und Elli begann den Viervierteltakt zu klatschen.

Drei Stunden später lag sie erschöpft auf ihrem Bett, ein Gefühl in den Knochen, als ob sie bereits zehn Stunden auf den Beinen gewesen wäre. Der Fernseher zeigte wie jeden Tag das schiffsinterne Informationsprogramm. Hier erfuhr man nicht nur den Menüplan aus der Küche, auch wurden sämtliche Angebote zur Freizeitgestaltung verkündet, ebenso die Wellennews, die eigens produzierten Schiffsnachrichten.

Wenn man es drauf anlegt, kann man hier echt verblöden, dachte Elli.

Die Meldungen bestanden nicht aus dem Weltgeschehen, vielmehr wurde Faktenwissen vermittelt, das niemand benötigte. Gerade war ein Beitrag über den gestreiften Leierfisch gesendet worden, besser bekannt unter dem Namen Goldgrundel. Das Tier bevorzugte Sandböden als Lebensraum, dieses Wissen hatte Elli aus dem siebenminütigen Clip zumindest mitgenommen. Und selbst das war eine Information, die sie mit Sicherheit nicht noch einmal in ihrem Leben gebrauchen konnte. Aber der Ausdruck Goldgrundel gefiel ihr. Sollte sie sich im Internet einen Nicknamen zulegen müssen, in welchem Singlechat oder Bastelforum auch immer, sie würde sich genau so nennen.

Elli schaltete gähnend den Fernseher aus. Jegliche Autonomie wurde untergraben, sobald man an Deck ging. Hier war es schlimmer als in jeder Kommune, denn auf der Melodia 3 gab es nicht einmal den Wunsch nach einer neuen Lebensform. Nein, man brauchte schlichtweg keinen zwischenmenschlichen Zusammenhalt und schon gar keinen Individualismus. Was man auf dem Schiff geboten bekam, war eine allabendliche, glitzernde Unterhaltungsshow, natürlich von den Animateuren gestaltet. Sowie minutiös geplante Tagesausflüge und ein Buffet, beziehungsweise ein Menü, das nach dem Urlaub eine mindestens dreiwöchige Fastenkur von den Gästen verlangte.

Es klopfte und im nächsten Moment steckte Stina den Kopf zur Kajüte hinein.

„Hier hast du dich verkrochen", sie lächelte. Ihre Kollegin mochte das Schiff und das Clubleben, sonst wäre sie nicht im fünften Sommer Animateurin und würde dabei nicht immer noch so gut aussehen.

Elli fühlte sich bereits nach einer Woche um drei Jahre gealtert.

„Ich musste vorhin zu Nicole ins Büro", brummte Elli und setzte sich auf.

Die Matratze ihres Bettes glich dem Boden eines Moores, eine falsche Bewegung und man versank in unendlichen Tiefen.

„Wieso das?", fragte Stina und schloss die Tür hinter sich.

„Wegen des Vorfalls mit Tim. Dieser blöde Junge macht mich wahnsinnig." Nach der Standpauke ihrer Teamleiterin hatte Elli Kopfschmerzen bekommen und das dringende Bedürfnis gehabt, sich in ihrer Mittagspause zu ihrem Bär Fibu zurückzuziehen, der tagsüber ihr Bett bewachte. Eigentlich hätte sie den Gästen bei der Mittagsmahlzeit Gesellschaft leisten sollen, so, wie das alle engagierten Animateure taten.

„Und, war es sehr furchtbar?"

Elli zuckte mit den Schultern. Ihr Sonnenbrand fühlte sich tatsächlich schlimmer an als Nicoles albernes Aufplustern.

Und hätte Mia sie nicht bei ihren Eltern verpetzt, hätte ihre Teamleiterin vom Vorfall am Pool gar nicht erst erfahren.

„Wären mal bloß diese Zwillinge nicht", sagte Elli und drückte Fibu an sich, der die ganze Zeit vor ihrem Bauch verharrt hatte und nun einen seltsam zerknautschen Gesichtsausdruck bekam.

„Nicole hat mich ermahnt, dass so etwas nicht vorkommen darf. Es sind immerhin Kinder. Und Mia sei halt ein ganz sensibles Mädchen."

Stina, die auf dem Stuhl neben Ellis Bett Platz genommen hatte, beugte sich nach vorne und strich lächelnd über Fibus plattgedrückte Nase.

„Dein Bär kann trotzdem nichts dafür", sagte sie.

Stina hatte eine ähnliche Nase, musste Elli belustigend feststellen. Vielleicht war sie nicht ganz so breit wie die von Fibu, aber platt war sie auf jeden Fall. Außerdem waren Stinas Haare fast weiß und ihre Augen schimmerten grün. Neben ihr kam sich Elli wie ein Trampeltier vor. Ihr eigenes Haar, das sie besser hätte schneiden lassen sollen, bevor sie an Bord gekommen war, fiel stumpf an ihrem Kopf herunter. Der Pony war viel zu lang, sodass sie ihn sich täglich mit einer Klammer nach hinten stecken musste. Nicht nur, dass die Frisur ihr mittlerweile als ungünstig erschien, sie hing auch noch an einem Kopf, der mehr horizontal, als vertikal ausgerichtet, auf ihrem Körper saß. Seit dem letzten Sommer hatte Elli nicht wie erhofft an Gewicht verloren, sondern sogar zugenommen.

„Da fällst du wenigstens nicht gleich um, wenn du mal krank bist", sagte ihr Opa immer. Elli war noch niemals ernsthaft krank gewesen, das Risiko war also überschaubar und demnach die Worte kein wirklicher Trost.

„Nimm es nicht so schwer, du weißt doch, wie Nicole ist."

Stina stand energisch auf. „Eigentlich wollte ich dich auch nur an unsere Theaterprobe erinnern. Komm, wir müssen los!"

Dieser Tatendrang, die gute Laune waren beinah unheimlich. Konnte man das kaufen, bestellen oder musste man dafür geboren sein? Wenn Letzteres der Fall war, hatte Elli ganz schlechte Karten, dazu ein nicht vorhandenes Gedächtnis. Die Probe hatte sie tatsächlich wieder vergessen gehabt. Es gab Mittagspausen zum Essen und solche, die zum Proben gedacht waren. Heute war Donnerstag, demnach musste sie gleich ihre Rolle für das Theaterstück komplett auswendig gelernt haben.

„Ich will nicht den Wal spielen", sagte Elli und hob die Skripte vom Boden auf, die ihr in der Nacht zuvor aus der Hand gerutscht waren, als sie über dem Text lernend eingeschlafen war.

„Ein Wal, der viel mehr redet, als der Papagei im selben Stück, wo ist da die Logik?"

Sämtliche Blätter lagen durcheinander, da konnte sie jetzt auf die Schnelle eh nichts mehr mit anfangen.

Stina lachte und zog die Schultern hoch.

„Ich weiß es nicht. Aber du musst zugeben, die Geschichte ist schon süß."

Elli schnaubte. „Ja genau, süß, das ist höchstens was für Kinder. Wir spielen heute Abend jedoch zum größten Teil vor Rentnern."

Das Stück hatte Nicole ausgesucht. Es ging um einen kleinen Jungen, der schiffbrüchig war und mit Hilfe eines Wales zu einer Insel geleitet wurde. Dort freundete er sich mit den tierischen Bewohnern an. Neben dem Papagei gab es auch noch Echsen, Giraffen und eine Affenbande.

„Hinterfrag nicht alles, sieh es einfach als Spiel. Oder als

Erfahrung." Stina öffnete die Kabinentür und lief voran. Sie hatte die Schultern nicht verbrannt, trotz ihrer hellen, skandinavischen Haut. Bei ihr war lediglich eine angenehme, unaufdringliche Bräune zu sehen.

Stina hatte leicht reden, wenn Elli wie sie die Sonne hätte verkörpern dürfen, hätte sie sich auch nicht beschwert.

Und dann war es gekommen, wie Elli es geahnt hatte. Nachdem sie die Generalprobe einigermaßen unauffällig hinter sich gebracht hatte, war die Aufführung am Abend größtenteils lächerlich gewesen. Ellis Kostüm hatte nicht richtig gesessen, zudem hatte sie zwei Mal die große Flosse verloren und es nicht einmal bemerkt. Erst als Luca, der eine der Wellen spielte, ihr eilig hinterherlief und die Flosse mit dem Klettverschluss wieder auf ihrem Rücken anbrachte, hatte sie ihr Missgeschick erkannt. Das Publikum hatte gelacht, genau in dem Moment, als Elli zusammengezuckt war, weil plötzlich jemand unangekündigt an ihr Kostüm fasste. Ein Wal, der sich erschreckte, war mit Sicherheit komisch, wenn man nicht gerade selbst dieses Säugetier war. Wahrscheinlich hatte ihr Gesichtsausdruck eher dem des verschreckten Rehkitzes geglichen. Sie war einfach kein guter Wal, viel lieber hätte Elli eine Welle gespielt. Da musste man bloß im Hintergrund stehen, blau angezogen sein und mit den Armen, an denen blaugraue Mülltüten befestigt waren, Wellenlinien simulieren. Das hätte sie noch hinbekommen.

Wie so oft blickte sie auch heute Nacht hinaus aufs dunkelblaue Meer, das fast schwarz war und ihr beinah besser gefiel, als das blaue, fröhliche Urlaubsparadies, das es am Tag darstellte. So, als gäbe es keinerlei Probleme und sie alle könnten für Ewigkeiten in die Ferne fahren. Dabei glich das alles doch nur einem Ausflug nach Nirgendwo.

„So ein tiefes Becken, das für Kinder jederzeit zugängig ist, dürfte es ohne Absperrung gar nicht geben", sagte plötzlich eine Männerstimme.

Elli hatte nicht bemerkt, wie sich jemand neben sie gestellt hatte. Es war weit nach Mitternacht, da hatte sie das Deck meistens für sich alleine. Wenn nicht, dann waren die Gäste leise und ließen sie üblicherweise in Ruhe, obwohl Elli immer als Ansprechpartnerin zur Verfügung stehen sollte.

„Da hast du vollkommen recht. Ich habe auf diese Dinge nur leider keinen Einfluss", seufzte sie müde, nicht in der Stimmung sich zu unterhalten.

„Ich weiß", sagte er. „Die Situation heute Morgen mit den Kindern und dem Pool, da haben Sie genau richtig gehandelt."

Nun war sie doch neugierig. Elli drehte sich um, schaute nicht mehr zum Wasser, sondern lehnte mit dem Rücken gegen die Brüstung. So konnte sie entspannter stehen und ihn von der Seite mustern.

„Das hast du gesehen? Du bist mir hier noch nie aufgefallen." Elli blickte in sein Gesicht, schätzte ihn auf Mitte bis Ende dreißig, und glaubte, ein Lächeln zu sehen. Es war nach wie vor ziemlich dunkel um sie herum, sie musste sich anstrengen, um seine Konturen richtig zu erkennen, um seine Züge lesen zu können.

„Wir duzen uns alle hier. Also wenn das für dich in Ordnung ist?", schob sie hinterher. Es war neu, dass ein Gast, scheinbar nicht viel älter als sie selbst, sie siezte. So etwas war bisher nicht vorgekommen. Die Regeln kannten eigentlich alle. Sie waren eine große, herzliche Familie. Das wusste man, wenn man die Melodia 3 betrat.

„Das ich hier quasi nicht existent bin … also so etwas sollte man nicht zu einem treuen Gast sagen", antwortete er, leicht amüsiert.

Elli zuckte mit den Schultern.

„Ich werde sowieso gefeuert werden. Ein Fauxpas mehr oder weniger, darauf kommt es nicht mehr an." Jetzt, wo sie es aussprach, war es gar nicht mehr so schlimm. Sie konnte nach Hause fliegen und für ihren Opa Kartoffelsuppe kochen, dann hätte das Ganze wenigstens etwas Gutes gehabt, denn das Rezept, das sie in der Küche geklaut hatte, schmeckte unglaublich lecker.

„Sie klingen nicht sehr traurig darüber. Entschuldigung, du klingst nicht sehr traurig darüber. Es fällt mir immer schwer, mich mit Fremden gleich zu duzen."

Elli nickte, das verstand sie gut.

„Ist nichts persönliches", beteuerte er. „Manche Sachen finde ich einfach unnatürlich. Aber gut, das ist nicht meine Baustelle hier." Irgendetwas Trauriges lag in seiner Mimik, auf seltsame Weise fühlte Elli sich ihm näher als anderen Gästen.

Dumm, dachte sie. Ich kenne ihn doch gar nicht. Trotzdem, sie hätte ihn gerne nach seinen Baustellen gefragt, aber das war gegen die Regeln. Man durfte die Gäste nicht an ihre Probleme erinnern, sondern sie sollten diese vergessen.

„Und warum glaubst du, dass sie dich rausschmeißen werden? Hast du etwas Schlimmes gemacht?" Er wirkte ehrlich interessiert. Wann hatte sie zuletzt jemand gefragt, wie es ihr wirklich ging?

„Na ja, das mit den Kindern hast du ja heute Morgen mitbekommen", seufzte Elli. „Und dann verliere ich auf

der Bühne ständig meine Flosse. Das ist ziemlich un-
professionell." Die letzten beiden Wörter hatte sie in ernster, tiefer Tonlage ausgesprochen, so, wie Nicole es nach
dem Auftritt hinter dem großen Vorhang getan hatte, der
die einen Narren von den anderen trennte.

„Ja, das klingt allerdings problematisch." Er lachte, tief und
entspannt. „Du bist komisch, weißt du das?"

„Hat man mir früher schon öfters gesagt, ja." Elli lächelte
ebenfalls.

„Und wegen der Kinder, die sind einfach alle verzogen, du
hast nichts falsch gemacht." Er knackte mit den Fingern und
sie ahnte, dass er recht haben könnte. Sie wusste aber auch,
dass sie sich nicht zu einer Zustimmung hinreißen lassen
durfte. Das wäre Verletzung der goldenen Regel Nummer 2
gewesen. Besagte verlangte, dass man sich niemals schlecht
über Gäste äußern durfte, auch nicht, wenn diese nur die
knappe Körperhöhe einer Parkuhr erreicht hatten.

„Ich hätte trotzdem nicht so streng sein dürfen. Es sind
Kinder." Elli wollte den misslungenen Tag am liebsten ver-
gessen, doch jetzt war der Morgen mit Tims Gezeter sowie
Mias Geheul, präsenter denn je.

„Es sind allesamt keine Engel. Mach dich deshalb bloß nicht
fertig." Er klang so müde, wie sie sich fühlte. Die ganze Zeit
hatte Elli etwas an seinem Anblick gestört, eine Kleinigkeit.
Nun wusste sie es endlich zu benennen. Ein Zahnstocher,
der nur zum kleinsten Teil zu sehen war, blitzte aus seinem
Mundwinkel hervor.

„Was soll das mit dem Zahnstocher?", fragte sie.
Sofort griff er nach dem Stück Holz, zog es aus dem Mund,
wandte sich um und warf es über die Reling.

„Eine dumme Angewohnheit, nichts weiter."

„Aha." Elli drehte sich ebenfalls um und blickte gemeinsam mit ihm in die Dunkelheit. Beide sagten eine Weile nichts.

„Ich muss jetzt gehen. Mein Wecker klingelt sehr früh." Waren Minuten oder Stunden vergangen? Elli hatte irgendwann nicht mehr aufs Wasser gesehen, sondern verstohlen zu seinen Händen geschielt. Sie kannte niemanden, der so kaputte Hände hatte. Oder täuschte sie sich durch das sperrige Licht?

„Gute Nacht", sagte er, aber erst, als sie bereits einige Meter entfernt war.

Ein ungewöhnlicher Gast, und sie hatte nicht nach seinem Namen gefragt. Ein Standard, der für sie längst selbstverständlich sein sollte. Das waren die Begegnungen mit Gästen auch, doch er, mit seiner schwarzen langen Hose, dem schwarzen Shirt und der schwarzen Wollmütze, die vollkommen unangebracht waren bei fast zwanzig Grad Celsius in der Nacht, hatte sie durcheinandergebracht. Er war gekleidet wie ein Einbrecher, wenn sein Gesicht nicht etwas anderes bei ihr hervorgerufen hätte. Eine Art Zuversicht, dass doch noch alles gut werden könnte.

Elli begegnete niemandem auf dem Weg in ihre Kajüte und sie war dankbar dafür. Animateure sollten ausgeschlafen und fit sein, sie würde morgen Augenringe tragen und mit viel Pech auch noch von Rückenschmerzen begleitet sein, die sie stets bei Schlafmangel bekam.

Als Elli endlich im Bett lag, konnte sie nicht einschlafen. Der müde Punkt war überwunden und Nicoles barsche Worte während der Theaterprobe sowie danach, brannten noch immer in ihren Ohren. Ihre Teamleiterin hatte das Schiff und sein Programm als Lebensaufgabe verstanden, was mit Sicherheit ehrenhaft war, ganz bestimmt. Als Mensch hatte man, im Gegensatz zu Tieren und Pflanzen, erst einmal seine Bestimmung auf der Welt zu finden und wenn Nicole sich hier am richtigen Platz fühlte, war das wunderbar. Vielleicht beneidete Elli sie ja auch einfach um dieses Engagement, diese Wichtigkeit, die Nicole in sich und ihren Aufgaben fand. Für Elli war klar, dass ihr zweiter Sommer auf einem Schiff definitiv ihr letzter sein würde.

Was der Fremde hier wohl zu suchen hatte? Möglicherweise war er ja ein verdeckter Ermittler? Oder hatte seine Begleitung ihn überredet, mit an Deck zu kommen? Nein, er war ohne Frau hier. Es hatte nicht gewirkt, als würde jemand auf ihn warten.

„Ganz bestimmt ist er alleine", flüsterte Elli und drückte Fibu fest an sich.


Gegen drei Uhr nachts hatte Elli zuletzt auf ihren Wecker geschaut. Als dieser schließlich um kurz nach sechs geklingelt hatte, hätte sie am liebsten geweint oder sich zumindest die Decke über die Ohren gezogen. Da sie sich aber keine weitere Abmahnung leisten konnte, setzte sie sich langsam auf, zog sich mühsam an und begann den Tag schwerfällig und frierend.

„Alles in Ordnung bei dir? Du siehst nicht gut aus", fragte Pascal sie beim Frühstück. „So schlimm war das mit der Flosse jetzt auch nicht und Nicole wird sich schon wieder einkriegen."

„Lass Elli in Ruhe", antwortete Stina stellvertretend, die neben Elli und damit genau gegenüber von Pascal Platz genommen hatte und ihre kalte Hand auf Ellis Arm legte.

„Das war als Trost gemeint und nicht als Kritik. Mein Gott." Pascal schüttelte den Kopf, nahm sein Tablett und stand auf.

Das hier zeigt deutlich, warum sich Menschen erst nach

zehn Uhr morgens begegnen sollten, dachte Elli. Die Stimmung war angespannter als auf einem Bahngleis, kurz bevor der Zug einfährt und jeder Angst hatte, keinen Sitzplatz mehr zu bekommen. Und es war bei jedem Frühstück dasselbe. Irgendeiner stand immer vor den anderen beleidigt auf und verließ den Raum. Vielleicht war das mit dem Theaterspielen doch keine schlechte Idee? Da konnten sie zumindest ihre theatralischen Fähigkeiten auf einer Bühne unter Beweis stellen.

„Leider hat Pascal recht. Du siehst total fertig aus. Geht es dir nicht gut?" Stina hielt ihr aufmunternd die Kaffeekanne hin.

Elli schüttelte den Kopf. Sie trank morgens nur Tee. Am liebsten ohne dabei zu sprechen.

„Ich hab nicht viel geschlafen", Elli gähnte und legte die zerknüllte Serviette über das angebissene Brötchen auf ihrem Teller. „Und dann ständig dieses Lachen auf dem Flur. Sag mir mal, wer hier die ganze Nacht auf dem Schiff herum torkelt? Das ist doch nicht mehr normal."

„Ich hab nichts gehört", sagte Stina und schaute besorgt zu Ellis kaum angerührtem Frühstück. „Willst du dich vielleicht krank melden? Nicole versteht das …"

„Garantiert nicht", unterbrach Elli ihre Freundin. Die Finnin war tatsächlich in den wenigen Tagen zu ihrer engsten Vertrauten an Bord geworden. Wie sich Dinge entwickeln konnten, wenn die eigene Welt für eine gewisse Zeit begrenzt wurde, war erstaunlich.

„Du vergisst, dass mein Verhältnis zu Nicole ein ganz anderes ist als deins. Mich mag sie nämlich nicht." Elli verschränkte die Arme, sie wollte sich in sich selbst verkriechen und die Klimaanlage, die Kollegen, sowie das Hämmern in ihrem Kopf ausschließen.

„Ich kann trotzdem mal mit ihr sprechen."

„Bloß nicht." Elli schüttelte den Kopf. „Lass mal gut sein. Ich hol mir jetzt noch einen Orangensaft und dann muss ich langsam den Malkreis für die Kinder vorbereiten." Das würde sie tun. Buntstifte zu verteilen war zumindest einfacher, als die Tintenfische singend zu belustigen.

„Bist du nicht heute bei der Wassergymnastik eingeteilt?"

Elli konnte sich nur wundern, wie jemand anderes aus dem Team ihren Einsatzplan besser kannte als sie selbst.

Den ganzen Tag über erwischte sich Elli immer wieder dabei, wie sie sich suchend umschaute. Nirgends war er zu entdecken, insofern sie sich seine Konturen noch vor Augen rufen konnte. Mit Sicherheit würde er heute bei 34 Grad im Schatten nicht komplett schwarz gekleidet an Bord umher spazieren, da musste sie sich auf sein Gesicht verlassen. Aber auch unter den wenigen Männern, die ungefähr sein Alter hatten, war nicht einer dabei, der ihm ansatzweise ähnelte.

„Wegen heute Morgen, es war nicht böse gemeint." Pascal hatte die unangenehme Eigenschaft, sich immer wieder aus dem Nichts heraus anzuschleichen. Oder machten das die Männer mittlerweile alle?

„Ich weiß", sagte Elli und zog sich den Bademantel über, auch wenn es dafür in dem kleinen Fitnessraum mit Pool viel zu warm war. Wie schnell der Tag doch vergangen war. Aquafitnesskurse leitete sie gerne, die Teilnehmer waren überwiegend weiblich und über 50 Jahre alt. Aufmerksam versuchten sie exakt, Ellis Übungen mit der Poolnudel nachzuahmen, und kamen dabei nicht auf die unangebrachte Idee, in ihren Ausschnitt zu schielen oder ihr peinliche Komplimente zu machen. Zudem durfte Elli beim Kurs die Musik selbst aussuchen, zu der sie die Herz-kreislaufsysteme in Schwung brachte. Das hatte zur stetigen Verbesserung ihrer Laune einen wesentlichen Teil beigetragen. Und trotzdem hoffte Elli am Ende jeder Stunde, dass die Gäste schnell verschwinden würden, damit sie endlich den Bademantel wieder ablegen und alleine ins angenehm beheizte Wasser gleiten konnte. Diese zehn Minuten gönnte sie sich, bevor dreißig Minuten später die nächsten Teilnehmer hereinkamen, um von ihr trainiert zu werden. Dank Pascals Erscheinen war ein kurzer Ruhemoment im Wasser wohl nicht mehr möglich.

„Ich wollte dir nur Bescheid sagen, dass wir uns später erst um 20 Uhr zur Teamsitzung treffen. Nicole ist irgendetwas dazwischen gekommen."

„Alles klar." Elli nickte und Pascal wandte sich bereits wieder ab.

„Wart mal." Sie hätte auch Stina fragen können, doch diese hätte nicht mehr locker gelassen. Bei Pascal, da war sich Elli sicher, hatte ihre Frage keinerlei Bedeutung.

„Hast du zufällig in den letzten Tagen einen Gast gesehen, der komplett schwarz gekleidet war?"

Pascals Gesicht wirkte erst verdutzt, dann belustigt.

„Wie schwarz gekleidet? Hier an Deck, bei dieser Hitze?" Pascal lachte.

„Nein, nicht tagsüber." Elli schüttelte energisch den Kopf. „Ein Mann, ungefähr Mitte dreißig, ziemlich sportlich." Sein Kreuz war zumindest sehr breit gewesen, das war ihr trotz der Dunkelheit sofort aufgefallen.

„Weißt du denn nicht, wie er heißt?"

Elli rollte mit den Augen. „Nein, sonst würde ich dich nicht fragen."

Die Tür ging auf und Gitte aus Bochum betrat den Raum.

Schon am zweiten Tag hatte sie Elli lang und deutlich berichtet, warum sie und ihr Mann nicht wie üblich die Donauschifffahrt gebucht hatten, sondern dieses Jahr das Mittelmeer. Das Rheuma ihres Mannes war schuld, er brauchte die Wärme. Gitte selbst hätte eine Fahrt von Passau aus wesentlich besser gefallen. Jetzt versuchte sie das Beste aus der Situation zu machen.

„Hallo Elli!" Gitte lächelte und nickte Pascal ebenfalls freundlich zu.

„Hier ist doch gleich Wassertreten, oder?"

Warum waren alle immer viel zu früh, wenn es um die Aquakurse ging?

Als Elli nicht antwortete, sprang Pascal für sie ein.

„Ja genau, in fünfzehn Minuten geht es los." Er lächelte unverbraucht, so, wie es nur Neunzehnjährige auf Anhieb konnten.

„Bis später, Elli." Er wandte sich noch einmal zu Gitte um. „Und dir viel Spaß!"

„Vielen Dank, junger Mann." Gitte strahlte und Elli wurde sauer.

„Hey!", rief sie.

Pascal drehte sich im Türrahmen um und hob die Hand, abwehrend und gleichzeitig zum Abschiedsgruß.

„Ich weiß wirklich nicht, wen du meinst, Elli. Wir sehen uns später."

„Was ist denn los?" Gitte sah besorgt zu ihrer Trainerin. „Wen suchst du denn?"

Elli grüßte zwei weitere Damen, die bereits ohne Bademantel, jeweils nur in Schwimmbekleidung, den Raum betraten.

„Niemanden", sagte Elli und legte die Poolnudel auf den Boden neben sich. „Ich suche niemanden."

Hinterher bereute Elli, überhaupt mit Pascal über den Fremden gesprochen zu haben. Wäre sie nicht so müde gewesen, hätte sie sich nicht erst zu dieser blöden Frage hinreißen lassen. Zum Glück schien ihr Kollege andere Dinge im Kopf zu haben, als sich über ihr vorheriges Gespräch weitere Gedanken zu machen, denn er lächelte ihr bei der nächsten Begegnung nur einmal kurz zu.

Wie lange hatte ihr niemand mehr gefallen und nun suchte sie nach einem Gespenst aus der Nacht? Oder lag es einfach daran, dass der Fremde nicht diese anstrengende Fröhlichkeit ausgestrahlt hatte, die sonst alle an Bord besaßen?

Die Teamsitzung war an diesem Abend zum Glück nicht von langer Dauer gewesen und Stina hatte sie heute ausnahmsweise nicht gefragt, ob sie noch mit an die Bar kommen wollte. Somit hatte sich Elli in ihr Bett zurückgezogen, Fibu saß neben ihr und blickte ehrfürchtig auf das Sammelsurium an Ohrringen und Haarspangen, die durcheinander und überall verteilt herumlagen. Elli hatte den gesamten Inhalt ihrer Kosmetik- und Schmucktasche auf der Bettdecke ausgekippt. Viele Ohrclips sahen aus wie der Modeschmuck eines Teenagers. Es waren überwiegend Plastikteile aus den neunziger Jahren. Das hier hatte nichts mit einer Frau zu tun, es leuchtete in Neonfarben und erinnerte stark an die Hochjahre der Loveparade. Wenn man als Teenager auf dem Land wohnte, wollte man nicht aufs Heuballenfest gehen und auch nicht in Schützentracht auflaufen. Man wollte nach Berlin ziehen und Partys feiern, sich Sonnenblumen ins Haar stecken und Plateauschuhe tragen, ohne seltsam gemustert zu werden. Elli hatte immer nur weggewollt und war letztlich wegen ihrer Großeltern auf dem Hof geblieben.

War die Melodia nun ihr letzter Versuch, etwas zu verändern? Wann wandelte sich das Abenteuer in eine Peinlichkeit? War dabei die Anzahl der versuchten Ausbrüche entscheidend oder doch die Menge der Kerzen auf der Geburtstagstorte?

Ellis Kuchen wurde zum Glück jedes Jahr aufs Neue keine große Aufmerksamkeit geschenkt. Wer am 1. Januar Geburtstag hatte, wurde bewahrt vor übermäßig vielen Glückwünschen. Die Mitmenschen waren an diesem Tag viel zu sehr damit beschäftigt, ihre eigenen Vorsätze fürs neue Jahr zu formulieren oder den Rausch der vergangenen Nacht auszuschlafen. Meistens hatte Elli den Wechsel hinein in ihren Geburtstag zu Hause auf dem Hof gefeiert. Zu siebt hatten sie stets am runden Tisch gesessen und auf Mitternacht gewartet. Erst gab es Kassler in Blätterteig mit Kartoffeln und anschließend Wackelpudding, immer nur in Grün, weil das Ellis Lieblingsessen war. Als ihr Bruder vor zwei Jahren nach Frankfurt gezogen und im selben Sommer ihre Oma verstorben war, hatten Silvester und die Geburtstagsrunde sich endgültig verändert gehabt.

„Kinder werden groß, ihr müsst irgendwann aus dem Haus, auch du. Schau wie glücklich dein Bruder in Frankfurt ist", waren die Worte ihre Mutter gewesen. Dass Elli es versucht hatte, mehrfach, und gescheitert war, so oft, mal lauter, mal leiser, das hatte ihre Mutter scheinbar vergessen gehabt.

Es klopfte und Stina betrat einen Augenblick später die Kajüte.

„Ich brauche deinen Rat, Elli." Stina klang gehetzt, drehte sich um und schloss die Tür, vorsichtig und viel zu geheim, als das sie wirklich unauffällig gewesen wäre.

„Wegen Luca?" Elli legte die Bürste sowie die Haarklammern zur Seite. Sie war keine Frau mit Hochsteckfrisur, sie kämmte sich ja nicht einmal regelmäßig ihre

Haare. Warum hatte sie überhaupt die ganzen Sachen mitgenommen?

„Du weißt von uns?" Stina wurde blass unter ihrer gebräunten Haut.

„Sagen wir so, ich hab es mir gedacht. Mal ehrlich. So gut drauf wie du vor den Theaterproben bist, kann kein Mensch sein. Selbst, wenn man Theaterstücke mag."

„Wenn du es weißt, wissen es sicherlich auch die anderen", murmelte Stina und ließ sich aufs Bett fallen. Dass sie dabei mehrere Ohrringe, sowie zwei Ketten unter sich begrub, störte sie nicht.

„Was willst du damit sagen? Ich bin nun wirklich kein Klatschmaul."

„Das mein ich auch nicht", antwortete Stina, dieses Mal ohne ihre Hand beruhigend auf Ellis Arm zu legen. „Aber wenn selbst du es mitbekommen hast, jemand, der sich für so etwas nicht interessiert, dann wissen die anderen bestimmt längst Bescheid."

Was die Leute einem zwischen den Sätzen sagten, das war das Spannende. Die Untertöne brachten überraschenden Schall mit sich.

„Ich interessiere mich doch für dich." Wenn man mehr erfahren wollte, musste man einfach auf das Gegenteil der Aussage beharren.

„Ja klar, das ist kein Vorwurf." Stina schaute sie entschuldigend an. „Ich mein ja nur, alles, was zwischenmenschlich hier unter Kollegen abgeht, scheint für dich nicht sehr interessant zu sein."

Das war der Moment, in dem Elli in ihre alten Muster hätte zurückfallen können. Konnte sie Stina vertrauen?

Da gibt es jemanden, den ich wieder treffen möchte. Das hätte sie früher sicherlich Stina entgegengesetzt. Sie tat es nicht und zuckte stattdessen mit den Schultern. Was nutzte es letztlich, Hoffnungen aufzubauschen und zu teilen?

„Wenn es so rüber kommt ... hm", sagte Elli schließlich. „Ich weiß nicht mal, ob ich sagen soll, dass es mir leidtut. Ich denke, dass mich viele Sachen einfach nichts angehen. Wenn mir das als Desinteresse ausgelegt wird, ja, dann ist das eben so."

„Du bist anders Elli, weißt du das?" Stina legte den Arm um ihre Schulter.

„Warum machst du dir eigentlich solche Sorgen, wegen dir und Luca?"

„Wenn erst mal die Rederei losgeht", seufzte Stina und schaute bestürzt. „Und dann Nicole, ich glaube, sie wäre nicht begeistert. Der Sommer hat doch gerade erst angefangen und ich will nicht gleich Ärger mit der Chefin bekommen."

„Weißt du", Elli hielt einen pinken Stern aus Plastik in die Luft, an dem ein Ohrringclip befestigt war, und anschließend an Stinas Ohr. „Manchmal sollte es dir egal sein, was die anderen über dein Glück denken."


Ende der zweiten Woche an Bord fragte sich Elli, ob sie sich die nächtliche Begegnung nur eingebildet hatte. Weder zu den Essenszeiten, noch bei sonstigen Freizeitaktivitäten oder selbst in der Nacht an Deck, er war nicht mehr aufgetaucht.

„Möwen, guck doch mal die Möwen", schrie eines der Stadtkinder, das sonst immer nur Tauben sah.

Elli lag, ein nasser Waschlappen auf der Stirn, unter einem aufgespannten, orangegelben Schirm, obwohl die Sonne bereits dabei war, unterzugehen. Die Liege hatte Elli nach hinten geklappt, sodass ihre Beine in die Luft ragten und ihr somit auch der Blick zu den Gästen an Oberdeck verwehrt blieb. Eigentlich wäre sie gerne im Bett geblieben, doch die Kopfschmerzen waren immer schlimmer geworden und Elli hatte gehofft, dass ein wenig Luft, auch wenn diese warm war, hilfreich wäre. Sie schloss erneut die Augen. Wenn man schon krank war, sollte man sich wenigstens weg träumen dürfen.

„Wie ich sehe, bist du nicht gefeuert worden." Seine Stimme war nah und hatte sie erschrocken, warum sonst schlug ihr Herz so schnell? Die Liege neben ihr war durch ihn besetzt worden, auch, wenn er absprungbereit beide Füße auf dem Boden stehen hatte.

Elli klappte ihren Stuhl hoch, sodass sie mit ihm auf Augenhöhe saß. Wieder ein Zahnstocher und ein Lächeln, das umwerfend war.

„Du bist kein klassischer Urlaubsgast. Und du arbeitest auch nicht hier. Darf ich fragen, was dich her verschlägt?", stellte ihm Elli statt einer Antwort die Gegenfrage und nahm den Waschlappen, der ihr von der Stirn direkt ins Dekolleté gerutscht war, von ihrer Brust. Heute war definitiv sie das Gespenst, zumindest vom äußeren Anblick her.

„Lange Geschichte." Er zog den Zahnstocher aus dem Mund und zwinkerte ihr zu, nicht wissend, dass sie eine Allergie gegen jegliche Art von Zwinkern hatte.

„Weißt du eigentlich, wie trist die Raucherecke ist?", fragte er. „Die sollte das Schiff dringend ändern. Allein das ist ein Grund, nicht noch einmal an Bord zu kommen."

„Ich werde es ausrichten", sagte Elli, mit gutem Gewissen, dies nicht zu tun, denn Rauchen, das war die Pest. Außerdem waren Gäste, die scheinbar nur bei Einbruch der Dunkelheit ihre Kabine verließen, nicht ernsthaft relevant.

„Deshalb greifst du dauernd auf deine Zahnstocher zurück? Weil du Angst vor der dunklen Raucherecke hast?" Ihr Blick war dem Holzstäbchen gefolgt. Sie wollte seine Hand fassen, einfach um zu wissen, ob sie sich wirklich so rau anfühlte, wie sie aussah, doch sie ließ es bleiben.

„Ja, ich denke, so könnte man es formulieren." Er erhob sich, blickte auf Elli hinunter, wandte sich ab, nur um in der Bewegung zu stoppen, sich erneut umzudrehen und zu verkünden, so, als ob es nichts Besonderes wäre: „Ich werde morgen früh das Schiff verlassen."

Wer hatte sie bis dahin geprägt? Wo war sie mit ihren Ideen gelandet? Warum führte sie die mutigen Gespräche immer nur in ihren Gedanken?

Jetzt sag was, Elli, sag was, dachte sie, während die Kopfschmerzen hinter ihre Stirn schossen, heftiger und störender als jemals zuvor.

„Das kannst du nicht, also ich mein, du hast für die Reise bezahlt."

Er sah sie an, ernst und schattig. Eine unüberbrückbare Distanz, eine Zeitdehnung ins Unermessliche, eine Abgrenzung, die schmerzte, lag in seinem Blick und zwischen ihnen.

„Aber das zwingt mich doch zu nichts." Nüchtern klang es, ein bisschen zu viel.

Nein, dachte Elli, während sie ihm gleichzeitig nicht böse sein wollte und ihn dennoch in diesem Moment abgrundtief hasste.

„Vielleicht verpasst du ja etwas", war ihr letzter kläglicher Versuch, der nichts ändern würde, das wusste Elli. Er ist ein Fremder, reiß dich zusammen, schrie es in ihrem Kopf, in dem sich die Schmerzen ausdehnten und zustachen, so, als ob es die letzte Schlacht wäre.

„Ich verpasse nie etwas. Ich lasse Sachen bewusst aus", antwortete er.

Wo lag die Grenze zwischen Selbstbewusstsein und Arroganz? Wie angenehm es sein musste, wenn man niemanden brauchte. Das hätte Elli fast geglaubt, wenn nicht seine Einsamkeit genau in diesem Moment auf seinen Schultern gesessen und diese so stark hinunter gedrückt hätte, sodass er beinahe unter der Last zusammenbrach.

„Klingt nach aufregenden Zeiten", sagte Elli.

Wenn sie sich nur einmal auf ihr Gefühl verlassen, den Stolz hinuntergeschluckt hätte, das Risiko eingegangen wäre, ohne zu wissen, ob es nicht vielleicht doch Verschwendung war, dann hätte sie erfahren, dass er eigentlich auch kein Ziel hatte und nur weglief, so, wie sie es immer tat. Stattdessen sah Elli nur betreten zur Seite, betend, dass er bitte endlich gehen würde und sie alleine ließ mit der Migräne, den schreienden Kindern und den albernen goldenen Regeln.

„Ja", sagte er, schaute auf sie hinunter und kratzte sich am Kopf. „Aufregende Zeiten."

„Der Trauer geht oftmals etwas Gutes voraus.
Auch wenn wir uns lange nicht erinnern können,
weil die schwarze Wand einfach zu mächtig ist.
Doch ganz weit hinten, da erinnern wir uns an das Erlebte.
Und mit den Jahren weicht die Lähmung und zurück kommt
die Erinnerung, auf die wir mit einem Lächeln blicken können." *

* Auszug aus einer nichtveröffentlichten Erzählung von Verena Kaster

# Anhang

# Zur Autorin

Verena Kaster wurde am 09. August 1988 in Trier geboren, sie verstarb nach schwerer Krankheit am 23. November 2023 in Bonn.

Die gelernte Immobilienkauffrau hatte Germanistik, vergleichende Literatur- und Kulturwissenschaften sowie Philosophie in Bonn studiert.

Verena Kaster arbeitete hauptberuflich als Redakteurin im Arbeitsfeld „Büchereiarbeit" beim Borromäusverein e. V. in Bonn, einer langjährigen Einrichtung der Katholischen Kirche für die Medien- und Bildungsarbeit in 15 Diözesen.

Bereits seit Jahren schrieb sie privat Erzählungen und meist tiefgründige Kurzgeschichten.

Vor ihrem viel zu frühen Tod bereitete sie die Veröffentlichung eines Teils ihrer Kurzgeschichten unter dem von ihr gewählten Titel „Voller Buckel, voller Wale" vor. Außerdem schrieb sie einen bisher noch nicht veröffentlichten Roman.

# Schreibe, male, tanze! – Ein Plädoyer für mehr Kreativität im Alltag

Verena Kaster

*(Originalbeitrag in der Zeitschrift BiblioTheke Ausgabe 1/2021)*

*Wann haben Sie zuletzt ein Bild gemalt? Erinnern Sie sich noch an die Freude, mit einem Pinsel in der aufschäumenden Farbe zu rühren, einen Bleistift zu spitzen oder die Filzstifte hervor zunehmen? Als Kinder konnten wir das doch auch ganz gut, ohne diesen erwachsenen Widerstand in uns, der uns sagt, dass wir dafür jetzt gerade gar keine Zeit haben.*

*Oder eine andere Frage: Wann haben Sie zuletzt einen Brief verfasst, eine Postkarte versendet oder sich hingesetzt und eine frei erfundene Geschichte aufgeschrieben? Schon lange nicht mehr?*

*Ich hoffe Sie fühlen sich jetzt nicht ertappt, denn darum geht es mir gar nicht. Viel mehr möchte ich einen Aufruf an Sie und Ihre schöpferische Kreativität starten, denn diese ist in Ihnen vorhanden, auch wenn Sie mir das jetzt vielleicht (noch) nicht glauben mögen.*

Wenn wir schreiben oder malen, einen Töpferkurs besuchen oder das Tanzbein schwingen – all dies sind Arten, uns selbst in unserem Alltag mal wieder anders zu spüren. Wenn wir unsere Hände benutzen oder mit dem ganzen Körper arbeiten, dann bedeutet das auch ein kleiner Ausbruch aus der meist gut geschaffenen Alltagsroutine und bringt uns somit eine neue Begegnung mit uns selbst. Warum setzen wir dies also so selten um? Sind wir wirklich zu beschäftigt oder ist es doch die Angst, uns auf ein neues (altes) Terrain zu begeben?

Oftmals herrschen in unseren Gedanken Glaubenssätze wie „Das kann ich sowie nicht" oder „Dafür habe ich kein Talent." Aber sollten wir uns in diesem Fall wirklich selber Glauben schenken? Was, wenn ein neues (kreatives) Ausprobieren unsere Wahrnehmung schärfen würde und uns die Welt letztlich als solche bunter erleben lässt?

## Ursprünge des „Creative Writing" in den USA

Schauen wir uns einmal beispielsweise die Geschichte des „creative writing", des kreativen Schreibens, an. Sie beginnt in den USA. Hier versteht man unter dem Begriff „creative writing" vier verschiedene Fachbereiche, nämlich die Rhetorik, die Kompositionslehre, den therapieorientierten Selbstausdruck sowie die literarische Schreibausbildung.[1]

Wegbereiter dieser Fachbereiche waren zwei historische Bewegungen:

1) Die literarischen Salons nach europäischer Tradition des späten 19. Jahrhunderts. Diese waren besonders beliebt wegen ihren auflockernden Schreibspielen, die in heutigen Schreibworkshops nach wie vor stattfinden.

2) Die Kurse an amerikanischen Universitäten zum Thema Kompositionslehre.

---

[1] Vgl. Barbara Glindemann: Creative Writing – zu den kulturellen Hintergründen und zum literaturwissenschaftlichen institutionellen Kontext im Vergleich zwischen England, USA und Deutschland. Dissertation. Hamburg 2000, S. 1–2.

Durch eine hohe Nachfrage kam es bis zum Jahr 1900 dazu, dass bereits und einzig an zwölf Universitäten in den USA eigene Schreibstudiengänge entstanden sind. Diese legten als Schwerpunkte Dichtung, Short Stories und Dramaturgie fest. Hier wurden die jungen Studenten hauptsächlich von Schriftstellern gelehrt, die zwar meist bis dahin ohne Lehr-, dafür aber mit reichlich Praxiserfahrung brillieren konnten.

Zu den bekanntesten Schreibstudenten gehören unter anderem F. Scott Fitzgerald in Princeton oder auch Eugene O'Neill in Harvard.[2]

In den 1930er Jahren nahmen bereits 41 Colleges und Universitäten das Fach „creative writing" in ihre Lehre auf. Studenten lernten in diesem Fach nicht mehr nur frontal, sondern voneinander und auf Augenhöhe. Praxisbezug entstand als Gegensatz zur theoretischen Literaturwissenschaft. Die regionalen Literaturszenen wuchsen und es bildete sich eine literarische Geselligkeit, bei der Gleichgesinnte sich durch gemeinsam praktiziertes Schreiben, Dichten und Lesen begegnen konnten.[3]

Heute gibt es in den USA 16 Zeitschriften sowie über 350 Studiengänge im Fachbereich „creative writing".[4]

2   Vgl. Oliver Ruf: Kreatives Schreiben. Tübingen 2016, S. 56.
3   Vgl. Oliver Ruf: Kreatives Schreiben. Tübingen 2016, S. 56.
4   Vgl. Jan-Christian Hansen: Das Dilemma des Schreibunterrichts in Deutschland: Wenn für Schreiben im Deutschunterricht kein Platz ist. Hamburg 2014.

## Kreatives Schreiben in Deutschland

In Deutschland, einem Land, das geprägt von Goethe und Schiller ist, hat es zeitlich länger gedauert, das kreative Schreiben in den Alltag zu integrieren. Die Hemmungen, sich mit Stift und Papier hinzusetzen, scheinen bei uns größer zu sein. Woran liegt das?

Der wichtigste Aspekt in Deutschland war es zuerst einmal, den Zugang zu freiem Schreiben zu finden, ohne direkt eine literarische Zielsetzung benennen zu müssen. Schreiben um zu schreiben, ohne Druck und die Erwartung ein Meisterwerk hervorbringen zu wollen.

Kurse, die sich mit kreativem Schreiben auseinandersetzen, entstanden in den 1970er Jahren auch in der Bundesrepublik. Wegbereiter war Lutz von Werder, studierter Philosoph, promovierter Pädagoge sowie habilitierter Soziologe. Seinen Antrieb fand er in der Überzeugung, dass Schreiben nicht nur die Außenwelt verarbeiten kann und die Innenwelt erforscht, sondern auch Gedankenflüsse stimuliert werden und somit eine sprachliche Spontanität hervorgelockt werden kann.[5]

Durch Lutz von Werder wurde der Fokus auf Schreibspiele gelenkt. Solche wurden bereits in der Antike praktiziert, auch fanden Sie hohe Beliebtheit in der Epoche des Barock. Denn was viele gar nicht wissen: Menschen haben schon vor langer Zeit zusammengesessen und in Gruppen geschrieben.[6]

---

5 Vgl. https://www.lutz-von-werder.de, aufgerufen am 03. September 2020.

6 Vgl. Hanns-Josef Ortheil: Aristoteles und andere Ahnherren. Über Herkunft und Ursprünge des ›Kreativen Schreibens‹. In: Haslinger/Treichel (Hrsg.): Schreiben lernen – Schreiben lehren. Frankfurt 2006, S. 17.

Kreatives Schreiben ist in Deutschland heute vor allem in Volkshochschulen, bei Workshops und in gegründeten Schreibwerkstätten vertreten. Im Hochschulbetrieb ist dieser Studiengang bis jetzt in Deutschland eine Seltenheit. So muss man hierzulande nach Hildesheim oder Leipzig ziehen, um kreatives Schreiben studieren zu können.[7]

## Möglichkeiten der Umsetzung

Natürlich ist es hilfreich, sich zu einem Volkshochschulkurs anzumelden, eine Schreibwerkstatt zu besuchen oder sich mit Freunden über die neue Kreativität im eigenen Alltag auszutauschen.

Denn dieser (meist wöchentliche) Termin lässt einen das Ganze oftmals mehr verwirklichen, als „nur" der Vorsatz, ein neues kreatives Hobby auszuprobieren.

Wem der Schritt in einen Kurs mit anderen Teilnehmenden zu Beginn zu groß erscheint, weil die Hemmungen noch da sind, dem empfehle ich, sich selbst im geschützten Zuhause auszuprobieren.

Ich selbst habe Germanistik studiert und schon einige Schreibkurse besucht, sowohl an der Volkshochschule, als auch während meines Studiums als Kurs an der Universität und spreche an dieser Stelle aus meiner eigenen Erfahrung: Für mich ist ein guter Schreibkurs ein solcher, in dem die Diskretion gewahrt wird. Alles, was im Kurs gesprochen und gelesen wird, bleibt im Kurs. Eine vertrauensvolle Atmosphäre sowie genügend Raum für wertschätzende Rückmeldungen sind meiner Meinung nach

---

7   Vgl. Oliver Ruf: Kreatives Schreiben. Tübingen 2016, S. 79.

Grundlage eines guten Schreibtreffs. Wenn man sich erst einmal getraut hat, seine eigene Stimme zu erheben und die Gruppenteilnehmer am eigenen Geschriebenen teilhaben zu lassen, dann kann dies schnell eine persönliche Bereicherung sein. Durch die Resonanz der Gruppe habe ich oftmals neue Aspekte in meinen Texten entdeckt. Was andere aus dem Gelesenen heraushören, kann bestärkend und ja, auch sehr überraschend sein. Der Austausch zwischen den Werkenden ist ein Prozess, der bei guter Leitung eine echte Gemeinschaft hervorbringen kann.

Hören Sie auf Ihr Bauchgefühl. Ist es eine vertrauensvolle Umgebung, in die Sie sich gerne einmal in der Woche begeben? Fühlen Sie sich gesehen und respektiert in der Gruppe?

Wenn nicht, suchen Sie sich bitte einen anderen Kurs. Denn das muss an dieser Stelle auch gesagt werden: Viele Menschen, die sich erneut an ihre Kreativität herantrauen, benötigen zu Beginn besonders die Ermutigung. Zensuren und Abwertungen, die man eventuell noch aus früheren Kontexten kennt, sind hierbei deplatziert. Denn alles was erschaffen wird, sei es ein Bild, eine Figur oder ein Text, hat die Berechtigung da zu sein und gesehen/gehört zu werden.

Ich persönlich schreibe und lese so gerne, weil in der Literatur alles erlaubt ist. Und diese Freiheit möchte ich mir nicht mehr nehmen lassen. Wie es auch der Schriftsteller Ernst Augustin in einem Interview so schön sagte: „Wenn ich schreibe, habe ich niemals Angst. [...][B]eim Schreiben selbst geht es mir immer darum, etwas zu schaffen, etwas zu erfinden, eigene Welten zu bauen. Und das ist für mich pure Freude."[8]

Und diese Freude wünsche ich auch Ihnen.

### Einfach beginnen und sich ausprobieren

Wenn Sie nun beginnen oder ein altes kreatives Hobby wieder aufleben lassen möchten, ob alleine oder in der Gruppe, wichtig ist es, sich diesen Termin im Kalender zu vermerken. Sich Zeit für sich selbst zu nehmen sollte ebenso wichtig sein, wie alle anderen Verpflichtungen.

Wenn nun der Zeitpunkt gekommen ist und Sie sich die eventuell benötigten Utensilien besorgt haben (das kann ein neuer Farbkasten sein, Sportschuhe etc.), dann lassen Sie Ihre Bedenken los und fangen einfach an.

Keine Sorge, niemand erwartet etwas von Ihnen. Ein Tipp an dieser Stelle: bitte erwarten Sie auch nichts von sich selbst, es soll Ihnen Spaß machen und den Alltag neu in Bewegung bringen.

Apropos Bewegung, schon die alten Philosophen gingen miteinander spazieren und diskutierten dabei. Denn auch unser Gehirn ist angeregt von der Kombination aus geistiger und körperlicher Bewegung, kreative Gedanken und Ideen entstehen quasi im Gang. Auch Mönche in Klöstern führten diese Tradition des Gehens fort. Kreuzgänge luden zum Beten und Denken ein, die größte und längste Form des besinnlichen Wanderns ist in fast allen Religionen der Welt bekannt, nämlich die heilige Pilgerreise. Das Gehen

---

8   Ernst Augustin in Ursula Nuber (Hrsg.): „Wenn ich schreibe, habe ich niemals Angst" – Der literarische Blick auf die Großen Themen des Lebens. Weinheim 2013, S. 19.

bringt Bewegung und Klarheit in den Geist und lässt somit neue Gedankengänge entstehen.[9]

Zurück zu Ihrer neu entdeckten Kreativität im Alltag. Merken Sie, dass die Aktivität, die Sie sich ausgesucht haben, doch nicht den erhofften Spaß herbeizaubert, probieren Sie etwas anderes aus. Es ist wie mit dem Essen: wenn man als Kind beispielsweise keinen Spinat mochte, kann es trotzdem gut sein, dass man ihn im Erwachsenenalter als köstlich empfindet. Sie mochten früher nie stricken, Wände anstreichen oder singen? Probieren Sie es noch einmal aus! Wer weiß welch ungeahnte Freuden plötzlich in Ihnen entfacht werden? Es ist nie zu spät. Was haben Sie zu verlieren?

Sehen Sie den Beginn Ihres neuen Vorhabens mit Hermann Hesses Worten „Und jedem Anfang wohnt ein Zauber inne [...]"[10]. Setzen Sie sich nicht unter Druck, sondern gehen Sie mit Neugierde und Vergnügen an die Umsetzung, dann werden Sie schon bald den Zauber des Anfangs und der Kreativität erleben.

---

9  Vgl. Isabel Arends: fit für flow, Entdecke deine Kreativität!. München 2016, S. 21.

10  Hermann Hesse: Stufen. https://hhesse.de/gedichte/stufen/, aufgerufen am 03. September 2020.

# Verena Kaster und ihr Brennen für die Literatur

Lesen und schreiben, sprechen und diskutieren über Bücher und sich in der Leseförderung engagieren – mit all dem, was Verena Kaster wichtig war, hat sie im Borromäusverein, dem Dachverband für die katholische Büchereiarbeit in Deutschland, ihre berufliche Heimat gefunden.

Ihre Neugier und ihr engagiertes Recherchieren haben dem Borromäusverein so manchen anschaulichen Beitrag online und in der Zeitschrift BiblioTheke beschert. Dabei half ihr auch ihr manchmal unkonventionelles und spontanes Vorgehen, als sie sich zum Beispiel kurzerhand aufmachte, die Grabstätte des Borromäusvereins auf dem Poppelsdorfer Friedhof zu besuchen, um sich dort Inspirationen für einen Beitrag zu Allerheiligen zu holen. Der Beitrag „Der Friedhof – Ort des Gedenkens, der Trauer, der Mystik" ist online hier zu finden:

https://www.borromaeusverein.de/auslese/literatur-cafe/der-friedhof

Als Person war Verena Kaster eine wunderbare Kollegin, die immer ein offenes Ohr für jedermann hatte. Musikalisch und sich dessen voll bewusst war sie ebenfalls: so kam es vor, dass sie allein einer Kollegin auch schon einmal ein Geburtstagsständchen gesungen hat, wo andere „nur" mit freundlichen Worten gratulieren.

Was Verena Kaster insgesamt zudem auszeichnete, war, dass sie auch in schlechten Zeiten etwas Gutes sehen konnte.

In ihren eigenen Kurzgeschichten blitzt auch immer wieder etwas Persönliches auf, wenn sie zum Beispiel einmal schreibt, dass Vertrautheit über unterschiedliche Lebenswege gesiegt hat oder auch, „wenn sie von meinen Plänen nicht jedes Mal begeistert war, konnte ich stets auf sie zählen". Auf ihr Leben insgesamt bezogen mag auch der Satz aus ihrer Kurzgeschichte „Ein stilles Versprechen" gelten: „Wie sehr man erst etwas zu schätzen lernt, wenn man weiß, dass es nicht selbstverständlich ist." Anklingend an zwei weitere Zeilen aus Verena Kasters Kurzgeschichten muss man abschließend – ihren viel zu frühen Tod vor Augen – sagen: „Du bist dieses Jahr aus der Welt gefallen. (...) Hinein in eine andere".

Möge sie in dieser anderen Welt, die wir Christen den Himmel nennen, ihr wahres Leben gefunden haben.

Guido Schröer
Geschäftsführer Borromäusverein e. V. Bonn

Verena, in Liebe und Dank.

Danke Allen, die Verena in ihrer Kreativität und ihrem
Schreiben unterstützt und gefördert haben, im Studium,
in der Schreibwerkstatt, unter Freundinnen und Freunden,
im Borromäusverein und auch während der Krankheit.
Danke dem Lektorat Fernweh für das sensible und
behutsame Lektorat.
Danke der Agentur Markenmut und dem Paulinus Verlag
für die zeitnahe gestalterische und technische
Unterstützung.
Danke allen Leserinnen und Lesern,
die mit Freude die Kurzgeschichten gelesen haben
und vielleicht das Buch weiterempfehlen.